KITEN BOOKS

奇想天外の本棚

山口雅也＝製作総指揮

誰？

アルジス・バドリス

柿沼瑛子 訳

国書刊行会

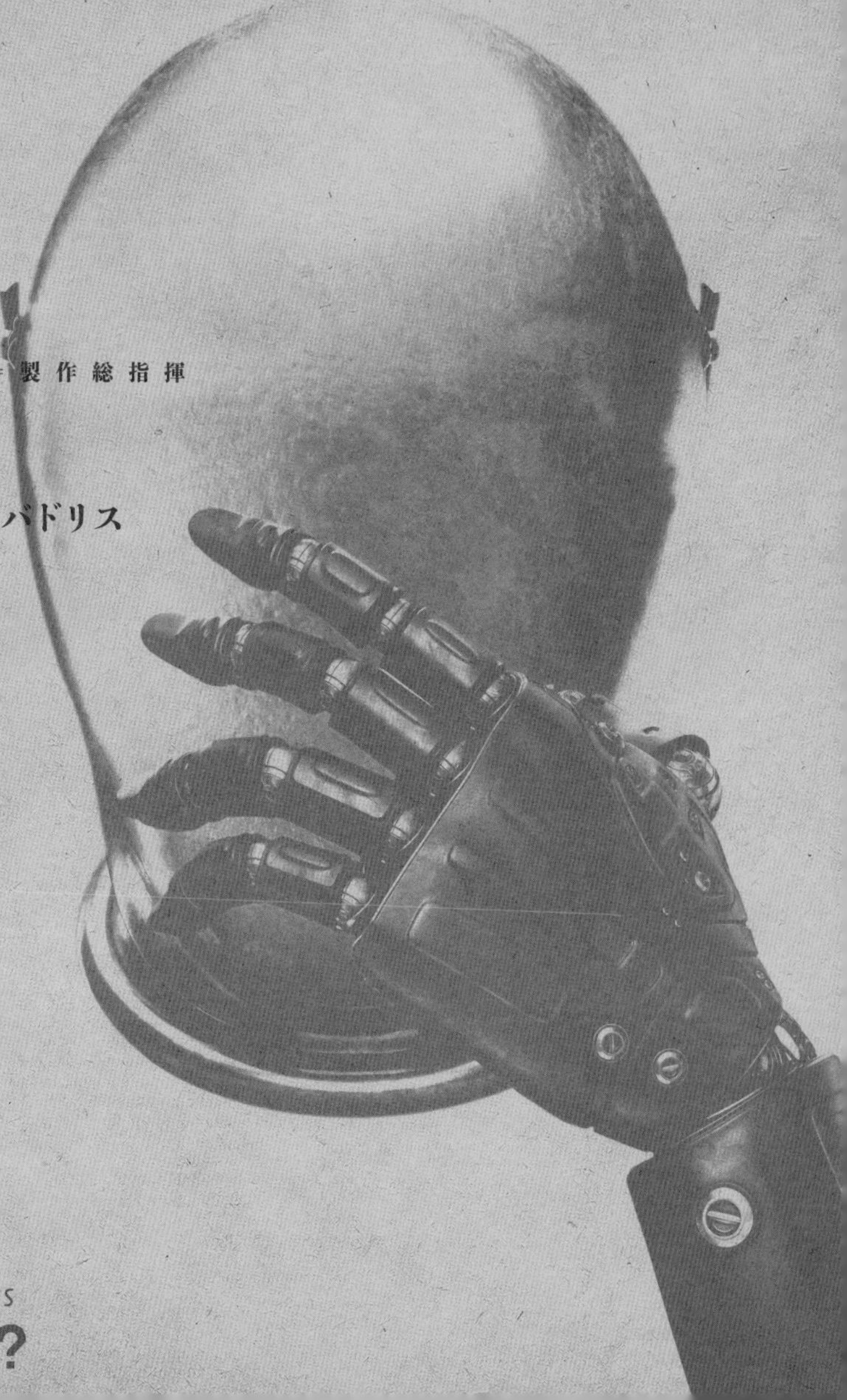

ALGIS BUDRYS

WHO?

Algis Budrys
Who?
1958

目次

【炉辺談話】『誰？』

山口雅也（Masaya Yamaguchi）

　ようこそ、わたしの奇想天外の書斎へ。ここは――三方の書棚に万巻の稀覯本が揃い、暖炉が赤々と燃え、読書用の安楽椅子が据えられているという――まさに、あなたのような読書通人《ウェル・リード・コノサー》にとって《理想郷《シャングリラ》》のような部屋なのです。

　――そうです、以前、三冊で途絶した《奇想天外の本棚》を、生死不明のまま待っていてくれた読者《ワトスン》の皆さん、どうか卒倒しないでください。私の執念と新たな版元として名乗りを上げた国書刊行会の誠意ある助力によって、かの名探偵ホームズのように三年ぶりに読書界に《奇想天外の本棚》が生還を果たしたのです。

　甦った《奇想天外の本棚》(KITEN BOOKS)は、従来通り読書通人《ウェル・リード・コノサー》のための叢書というコンセプトを継承します。これからわたしは、読書通人のための「都市伝説的」作品――噂には聞くが、様々な理由で、通人でも読んでいる人が少ない作品、あるいは本邦未紹介作品の数々をご紹介します。ジャンルについても、ミステリ、SF、ホラーから普通文学、児童文学《ジュヴナイル》、戯曲まで――をご紹介してゆくつもりです。つまり、ジャンル・形式の垣根などどうでもいい、奇想天外な話ならなんでも出す——ということです。

新装《奇想天外の本棚》の今回の配本はシリーズ初のSF、アルジス・バドリスの『誰？（Who? 1958)』です。

バドリスは一九五〇年代から小説執筆を始めているSF界では巨匠クラスの作家なのですが、実力の割には不遇なところがありまして……例えば——。

ヒューゴー賞をロバート・ハインラインと争って一票差で敗れ、その一票が賞を争ったバドリス自身が投じたものだったという爆笑逸話を何かの英文資料で読んだ覚えがあります。不運なんだか、単にいい人なんだか判断に困る作家バドリスですが、この逸話の真偽はともかく、ヒューゴー賞に複数回ノミネートされているのは事実ですし、我が国においても、彼の代表作である『無頼の月』（六〇年）が、早くから日本の通人たち（発表当時は鏡明氏、後に殊能将之氏）に評価されていたのにも拘わらず、原形中編版が雑誌連載されたきりで単行本にならなかったという不遇なキャリアを辿っております。ハインラインの名前は知っていてもバドリスの名前は知らないという読者は多いことでしょう。海外でも国内でも不遇な作家バドリス。そうした作家こそ本叢書は大歓迎、《奇想天外の本棚》一押しの作家として第二期では『無頼の月』もご紹介するつもりです。

次に本作について、解題をいたします。

本書『誰？』は代表作『無頼の月』に先行する長編第三作。この『誰？』には八四年に旧訳がありますが、やや古風で不適切な訳題のせいか、文庫オリジナルでひっそりと出されたせいか、当時は評判になりませんでした。ここでも「不遇な作家」バドリスの貌が見え隠れしていますね。そこで、本叢書では原題に戻し、新訳をもって、再びバドリスの真価を世に問おうというわけです。

本作がどんな話かというと――。

中央ヨーロッパ――ソ連と西側連合国の国境近くの研究所で爆発が起こり、重傷を負った極秘研究に携わっていたアメリカの物理学者がソ連に拉致誘拐されてしまう。外交交渉の結果、物理学者はアメリカ側に引き渡されることになるのだが、国境付近に現れた人物を出迎えたアメリカ側の外交官は驚愕する。その人物は、負傷した頭部を金属製の仮面《マスク》に置き換えられたサイボーグまがいの手術を施されていたのだ。その後、仮面の男の正体をめぐってサスペンスフルな物語が繰り広げられる。

――そうです、本作は、既にイアン・フレミングの００７シリーズ等で世界的流行となっていた東西冷戦下のスパイ・スリラーの興趣もある、ミステリ・ファンが読んでも面白いＳＦスパイ・スリラー（若い世代の皆さんは仮面の男に映画《ロボコップ》のイメージを重ね合わせることでしょう）の先駆けだったということになります。

そんなわけで、「新冷戦」という言葉も報道等で飛び交う緊迫した国際情勢の昨今、「今こそ読まれるべき本」と考え、本叢書のＳＦ一番バッターとして再度世に問い直そうと考えた次第。
尚、本作はエリオット・グールド（《ロング・グッドバイ》《マッシュ》等）主演で映画化（七四年）されていますが、いい原作、いい配役であるにもかかわらず、国内未ソフト化なので、今後、《奇想天外の本棚》スピンオフ企画としてリリースすることも検討しております。いずれにせよ、企画実現のためには、読者の皆さんの応援が必要なのですが。

前口上はこれくらいにして、そろそろ仮面の男が帰還してくる頃合いとなりました。果たして仮面の男の正体や如何に？――いや、最後まで読めば、あなたは、単なるフーダニット的興味にとどまらない作者の深い意図を知ることになるでしょう――。

［アルジス・バドリス作品リスト（長編）］
・*False Night*, 1954. 井上一夫訳『第三次世界大戦後のアメリカ大陸』（久保書店ＱＴブックスＳＦ、一九六八年）
・*Man of Earth*, 1956.
・*Who?*, 1958. 仁賀克雄訳『アメリカ鉄仮面』（ソノラマ文庫海外シリーズ、一九八四年）、本書『誰？』（二〇二二年）
・*The Falling Torch*, 1959.

・*Rogue Moon*, 1960. 高橋泰邦訳『無頼の月』(『S-Fマガジン』一九六一年八月号―十一月号に分載) 本叢書第二期にて新訳版刊行予定
・*Some Will Not Die*, 1961. *False Night* の加筆修正版
・*The Iron Thorn*, 1967. *If* 誌に連載され、*The Amsirs And The Iron Thorn* として単行本化
・*Michaelmas*, 1977.
・*Hard Landing*, 1993.
・*The Death Machine*, 2001. バドリスの望みに反して出版されたといわれる、*Rogue Moon* の新版

誰？

主要登場人物

ルーカス・マルティーノ……連合国政府（ANG）の物理科学者
ショーン・ロジャーズ………連合国政府（ANG）安全保障局長
デトフォード………………ロジャーズの上司
フィンチリー………………FBI 捜査官
エドマンド・スターク………ルーカスの高校時代の恩師
ルーカス・マッジョーレ……ルーカスのおじ
バーバラ・コスタ……………エスプレッソ・マッジョーレのウェイトレス
イーディス・チェスター……ルーカスの元ガールフレンド
フランシス・ヘイウッド……ルーカスの MIT 時代のルームメイト
エディ・ベイツ………………隠れスパイ
ベッサー………………………ルーカスの同僚
アナスタス・アザーリン……ソビエト社会主義国国家情報局大佐
コトゥ医師……………………ルーカスを治療したソビエト側の医師

第一章

一

時刻は真夜中近くになっていた。川から吹きすさぶ風が、線条細工を施した鉄橋の下で唸《うな》りをあげ、古い、暗いビルの風見鶏はいっせいに北を指していた。

憲兵隊長は石畳を敷きつめた道路の両側に受け入れのための部下を整列させていた。道路の中央には風雨にさらされたコンクリート製のゲートがあり、黒と白に塗られた遮断機が前をふさいでいた。憲兵隊のスーパージープのライトと、待機中の連合国政府《ANG》のセダンのヘッドライトが、兵士たちのヘルメットに装着された今は上げられている暴徒用ヴァイザーに反射している。その頭上には光に照らされて蛍光を発する標識が掲げられていた。

連合国政府（Allied Nation Government）支配圏境界

これより先ソビエト社会主義国（Soviet Socialist Sphere）支配圏

駐車中のセダンには待機中のショーン・ロジャーズと、彼に同行するANG外務省の役人が乗っていた。ロジャーズは連合国政府が管轄する中央ヨーロッパ国境地区の保安責任者だった。彼は辛抱強く待ちながら、その明るい緑色の目を暗闇にじっと据えていた。

外務省から派遣された代表者は、金色の薄型の腕時計に目を落とした。「もうすぐやつらが彼を連れてくる時間だな」彼は指でブリーフケースを叩いた。「連中がスケジュールを守るならの話だが」

「時間は守るさ」ロジャーズが答える。「それが連中のやり方なのさ。四か月も向こうに抑留しておきながら、今度は誠意とやらを示すために時間ぴったりに来るというわけだ」彼は無言の運転手の肩越しにフロントガラスの向こうのゲートに目をやった。その先にはソビエト側の国境警備兵が並んでいる。不格好なキルティング・ジャケットに身を包んだスラブ人とずんぐりした体軀のアジア人からなる兵士たちは、連合国側の憲兵隊をまったく無視していた。彼らは検問所の前に置かれたドラム缶の焚火の前にむらがり、暖を求めていっせいに手をかざしていた。銃身に覆いをかけたサブマシンガンが、肩からいかにも使いにくそうにぶざまに吊り下がっている。男たちはみな話や冗談に夢中で、国境に目をくれる者は誰もいない。

「やつらを見ろよ」外務省の役人は苦々しげな口調でいった。「連中はわれわれが何をしていようとおかまいなしだ。この分では、われわれが武装した一団を引き連れて突っ込んでいっても目もくれやしないぞ」

役人はここから五百キロメートル離れたジュネーブからやってきた。いっぽうロジャーズは七年間もこの地区を担当している。彼は肩をすくめてみせた。「今じゃすっかり古い顔なじみなんだ。この国境が設置されてからもう四十年になる。こっちから撃ったりはしないとわかってるのさ。逆もまた然《しか》り。戦争はここで行われているんじゃない」

彼はドラム缶にむらがるソビエト兵士たちにふたたび目をやり、何年も前に聴いた歌の一節を思い出した。「同志たちにマシンガンを／発言の権利を」国境線の向こう側にいる男たちはこの歌を知っているだろうか。国境の向こう側には彼の知りたいことがたくさんあった。だが、それを知ることはほとんど不可能だった。

現代の戦争はファイリング・キャビネットのなかで行われているのだ。武器は「情報」だ。すでに知っている情報、こちらが得た敵側情報、敵側が得たこちらの情報。国境の向こうにスパイを送り込み、あるいは何年も前から隠れスパイとして潜入させてさらに探り出そうとする。多くの者がそれに成功するわけではない。だが、ある者は成功するかもしれない。そうして得たこま切れの情報を、あまり見当違いにならないことを祈りつつつなぎあわせ、うまくいけば次にソビエトが何をしようとしているかを知ることができるだろう。

もちろんソビエト側だって負けてはいない。彼らが送りこんでくるスパイのすべてが成功するわけではないが――実際、ほとんど不首尾に終わっていることはたしかだ――彼らもまたわれわれが何をしようとしているのかを探り出す。要するにおあいこなのだ。互いにいくら探ろうとしても、どんどん深掘りしていくにつれてそれは困難になる。この国境の両側からそう離れていなければまだ見込みはある。だが、遠くなればなるほど、そこには黒い霧がたちこめている。そしていつの日かそのバランスがこちらに有利に崩れるときを待つしかない。

外務省の男はいらだちをあらわに口にした。「そもそもなんでマルティーノをあんな国境近くの研究所に送り出したりしたんだ？」

ロジャーズは首を横に振った。「さあね。こっちはその手の人事担当じゃないんで」

「だったら、なんで爆発のあとにこちらの救急隊を送り出さなかったんだ？」

「もちろん送った。だが、彼らの到着のほうが早かったのさ。連中は機敏に動いてさっさと彼を連れ去ってしまった」はたして彼らにとっては単なる幸運だったのだろうか、という思いがふと頭をかすめた。

「なんで連中からすぐに彼を引き取ることができなかったんだ？」

「その手の外交的駆け引きにこちらは関与していないのでね。ただ、瀕死の重傷を負った患者を病院から拉致したとなったら大問題になっていただろうな」おまけにその患者はアメリカ人なのだ。もし彼が死んだりしたら？　ソビエトのプロパガンダチームはこれ幸いとアメリカ人に喧伝し、翌年のＡＮＧ予算案が議会に計上されても、彼らは予算の分担を渋るかもしれない。ロジャーズは心のなかで唸った。これはそういう類《たぐい》の戦争なのだ。

「それにしても馬鹿げた話だ。マルティーノほどの重要人物をみすみす連中の手に渡しながら、こちらはまったく手も足も出ないとは」

「それをするのがきみの仕事だろう?」

外務省の男は急いで話の矛先を変えた。「それで彼のほうはどうなんだ? あの爆発でかなりの重傷を負ったと聞いているが」

「現在は快方に向かっているらしい」

「片腕を失っているそうじゃないか。まあ、それについては連中が十分な治療をしてくれているものと思うが。ソビエトの形成外科技術はかなり進んでいるようだからな。なんといっても一九四〇年代に人工心臓やら何やらだけで頭部だけの犬を生かすことに成功していたんだから」

「まあな」ロジャーズは彼を探しだすために国境の向こうに送り込まれた者たちのことを考えていた。情報はぽつりぽつりと断片的に入ってきた。彼は死んでいる。腕を失ったが、生きている。瀕死の床にある。居場所はわからない。新・モスクワ《ノヴォヤ》に移送された。いや、まさにこの街の病院に収容されている。少なくとも重要人物をこの病院に収容しているらしい。どの病院だ?

それから先はわからない。それ以上は探りようがなかった。それらの情報は外務省に送られ、交渉が始まる。こちら側は国境線にまたがるハイウェイを閉鎖する。相手側はこちらの飛行機に疑似攻撃をしかけ、こちらも相手側の漁船を拿捕《だほ》する。そしてとどのつまりはこちらのしかけた策が功を奏したというよりは、相手側に事情が生じて向こう側が折れてくるのだ。

そして今回はこちら側の人間が負傷し、敵側の病院に収容され、われわれの助けを待っているのだ。

「彼がK88計画と呼ばれるなんらかのプロジェクトの完成に近づいていたという噂がある」外務省の役人は続ける。「あまりにごり押しがすぎて、相手に彼がどれほどの重要人物なのかを悟られないようにという指示が出ていた。まあ、相手がまだそれを知らなければの話だが。しかし、彼を取り戻そうとしている以上、あまり穏やかにとはいくまい。微妙な問題だ」

「なるほど」

「やつらはマルティーノからK88計画を聞き出したのだろうか」

「向こうにはアザーリンという男がいる。これがなかなかのやり手でね」こればかりはマルティーノ本人から聞いてみなければわからない。だが、アザーリンはかなりの切れ者だ。これ以上この噂が広まらないよう規制したほうがいいのではないか？

検問所の向こうにふたつのヘッドライトが光ったかと思うと横にそれて止まった。タトラ・リムジンの後部側のドアが開き、ソビエトの警備兵がゲートに行き、遮断機をはね上げた。ANGの憲兵隊長は部下たちに気をつけの姿勢をうながした。

ロジャーズと外務省の男も車からおりた。

男がひとりタトラからおりて、検問所に近づいてきた。国境線でいったん立ち止まったが、すぐに二列に並ぶ憲兵たちのあいだを、きびきびとした足取りで歩いてきた。

「なんてこった!」外務省の役人がつぶやく。

検問所に立っている男に青みがかった光が反射する。男の体はほとんど金属製だった。

二

男は不格好なくすんだ色のスーツにへこんだ靴、そして茶色のストライプのシャツを身につけていた。袖が短すぎるので、両方の腕が突き出ている。片方は生身で、片方はそうではない。その頭部はぴかぴかの金属製の卵型をしており、表面はつるんとしたのっぺらぼうだ。口に相当する部分は格子《グリル》がついた開口部になっており、両側が上向きにカーブした半月形のくぼみの奥にはふたつの瞳がひそんでいた。男は二列に並んだ兵士たちの端で、落ち着かない様子で立ちつくしていた。ロジャーズは男に歩み寄り、手を差し出した。「ルーカス・マルティーノか?」

「そうです」男はうなずいた。そして損なわれていない右手を差し出した。男の握手は力強く、同時に不安げでもあった。「戻ることができて幸いです」

「わたしはロジャーズ。こちらは外務省のミスター・ハラーだ」

ハラーはマルティーノの手を握り機械的に握手をした。その目はじっと男にあてられたままだ。

「どうも、はじめまして」とマルティーノ。

「こちらこそ、よろしく」外務省の役人はとまどい気味に答えた。

「ミスター・マルティーノ。車をあちらに待たせてある」ロジャーズが割って入った。「わたしはこの地区の安全保障局の担当者だ。これからわたしたちに同行してもらいたい。聴取が早くすめば、それだけ早くケリがつく」ロジャーズはそういってマルティーノの肩に手を置き、止めてあるセダンへとうながした。

「もちろんです、さっさと終わらせるに越したことはない」男はロジャーズの早いペースに合わせて歩き、うながされるままに車に乗り込んだ。ハラーがマルティーノの反対側のドアから乗り込むと、運転手は車の向きを変えてロジャーズのオフィスめざして走り出した。彼らの背後から憲兵たちがジープに乗り込んでついてきた。ロジャーズは車のリアウィンドウ越しに背後を見た。ソビエトの国境警備隊がじっと一行を見送っている。

マルティーノは膝に手を置いて、ぎこちなく座席におさまっていた。「戻ることができたのは本当にうれしい」彼はこわばった口調でいった。

「そりゃ、そうだろう」ハラーが応える。「あの連中につかまってた後じゃ――」

「ミスター・マルティーノは彼の立場に置かれた人物なら誰でも思うようなことを口にしたまでのことだよ、ミスター・ハラー。これから先もうれしいといえるかどうかは疑問だがね」

ハラーはいささかショックを受けた様子でロジャーズを見た。「そいつは口がすぎるんじゃないか、ミスター・ロジャーズ」

「失礼、そういう気分なものでね」

マルティーノはふたりを交互に見やった。「わたしのことで争わないでください」と彼はいった。「おふたりをお騒がせするようなことになってすみません。自分がどんな姿に見えているのかは十分わかっていて、わたし自身ももうそれには慣れているといえば少しはあなたたちも楽になるでしょうか？」

「すまない」ロジャーズがいった。「きみの前でこんなふうに言い争うつもりはなかった」

「わたしもお詫びをいわせてもらいたい」ハラーがいった。「わたしも彼と同じように不作法だったと反省している」

マルティーノがいった。「これでおあいこということになりますね」

そうだ、とロジャーズは心のなかでつぶやく。誰もかれもが後悔している。

車はロジャーズのオフィスがあるビルの通用口に通じるランプに入り、運転手は車を停めた。

「ここで降りてもらおう、ミスター・マルティーノ」ロジャーズは男にいった。「ハラー、きみはこれからまっすぐオフィスに直行するのか？」

「ああ、すぐに」

「了解。きみのボスとうちのボスは、今回の件についてこれからも協力しあっていくことになると思う」

「外務省の役割はミスター・マルティーノが無事に帰還したことで終了したんじゃないかと思うが

ね」ハラーはあいまいな口調で答えた。「今回の報告書をまとめしだい、こっちはベッドに直行させてもらうよ。おやすみ、ロジャーズ。きみと仕事ができて光栄だった」

「こちらこそ」ふたりは短い握手を交わした。ロジャーズはマルティーノの後から車をおりて側面の入口に向かった。

「外務省はやけに早く手を引きましたね？」ロジャーズにうながされ、地下に向かう階段をおりながらマルティーノは訊ねた。

ロジャーズは唸るような声をあげた。「このドアを入ってくれたまえ、ミスター・マルティーノ」ふたりは両側にドアが並ぶ狭い廊下に出た。壁にはペンキが塗られ、床は灰色のリノリウムタイルが敷かれている。ロジャーズは立ち止まって、並んでいるドアを見渡した。「よし、ここがいい。ミスター・マルティーノ、わたしと一緒に入ってくれたまえ」彼はポケットから鍵束を取り出すと、ドアのひとつを開けた。

部屋は狭かった。一方の壁には簡易ベッドが押しつけられ、白い枕とぴんと張ったアーミー・ブランケットがしつらえられていた。小さなテーブルに椅子がひとつ。頭上の電球が部屋を照らし、側面の壁にはふたつのドアがあり、ひとつは小さなクローゼットに、もうひとつは小さなバスルームにつながっていた。

マルティーノは部屋を見回した。「ここで帰還者たちは聴取を受けるのですか？」彼は穏やかな口調で訊ねる。

ロジャーズは首を横に振った。「残念ながら、そうではない。きみにはしばらくここにいてもらうことになる」マルティーノに返答するいとまも与えず、彼は部屋の外に出ると、ドアを閉めて鍵をかけた。

ロジャーズはようやく少しばかり息をつくことができた。金属製のドアに背を預け、わずかに震える指先で煙草に火をつける。それから廊下を急ぎ足でエレベーターに向かい、自分のオフィスのある階に上がった。明かりをつけながら、こんな時間に叩き起こされるスタッフは何というだろうかと思うと唇が歪んだ。

デスクに置かれた電話の受話器を取り上げる。まずはこの地区の管理長であるデトフォードに連絡することにした。彼はナンバーを回した。

デトフォードは即座に電話に出た。「もしもし?」上司はまだ起きているだろうとロジャーズはあたりをつけていた。

「ミスター・デトフォード、ロジャーズです」

「やあ、ショーン。電話を待っていたよ。マルティーノの件はつつがなく進んだかね?」

「いいえ、残念ながら。できるだけ早くこちらに緊急チームを派遣してほしいのです。あの何とかいう――小型精密機器にくわしい専門家に、彼が必要とするだけの資格のあるスタッフをつけて。それから監視専門のエキスパート、それに心理学者も。どちらも資格のあるスタッフを必要なだけお願いします。今夜じゅうにもしくは明日朝までにこの三つの中心となる人物を三名よこして下さい、スタッフの人数は彼らに任せますが、とにかく役所の縄張りに邪魔されずにすむ権限を与えてもらいたい。やつらがあの重要人物を自白剤アレルギーにしてから返そうなどと考えていないことを願いますね」

「ロジャーズ、これはいったいどういうことだ？　いったい何があったんだ？　きみのところにはそうしたプロジェクトを行うだけの装備はないはずだが」

「申しわけない。だが、彼を動かすわけにはいかないんです。この街には機密を要する場所が多すぎる。彼をここに連れてきてから、今は個室に入れてあります。わたしのオフィスには近づかせません。やつがいったいなんの目的を持っているのか、何をしでかそうとしているのかわたしには見当もつかない」

「ロジャーズ――マルティーノは今夜国境を越えてきたんじゃなかったのか？」

ロジャーズは一瞬ためらってから答えた。「わかりません」

三

ロジャーズは部屋いっぱいに待ち構える人々には目もくれようともしなかった。ふたつの報告書を目の前に、考えているというよりは、エネルギーを集中させようとしているようにも見える。

どちらの報告書も一ページめが開かれていた。一方はぶ厚く、身元確認の詳細やレポート、経歴のレジュメ、そして政府職員としての活動をまとめたデータなどから成っていた。ファイルのラベルはマルティーノ、ルーカス・アンソニーと記され、一ページめには身長、体重、瞳の色、生年月日、髪の色、指紋、身体の痣《あざ》や傷跡などといった身体的特徴が記されている。その中にはひと組のヌード写真もあった。正面、背後、左右から撮られた写真には、きまじめそうな、好感の持てる知的な顔立ちに、やや肉厚の鼻をした、大柄でがっしりとした男の姿がうつっていた。

もう一冊の報告書はそれに比べるとずっと薄かった。フォルダーに収められているのは数枚の写真のみで、ラベルも貼られておらず、「L・A・マルティーノ（未確認）参照」と書かれているだけだった。そこには、左側下から斜め上に、胸、背中、両肩にかけて、ひきつった皮膚のショールをかぶせたような傷跡に覆われた、大柄のがっしりとした体格の男性がうつっていた。その左腕は肩のつけ根までは機械製で、胸筋と背筋に直接つながれているように見えた。金属製の頭を支えるその喉元も盛り上がった傷跡に囲まれていた。

ロジャーズは机から立ち上がると、待機していた特別チームに目をやった。「それで？」

自動制御装置《オートメカニズム》の技師でイギリス人のバリスターは、くわえていたパイプを外した。「さっぱりわからんよ。たかだか数時間のテストでは説明できるものではない」彼はそこで言いよどんだ。「実際問題として現在もテストは継続中だが、はたしてどんな結果が出るのか、どれほどかかるのかは見当もつかない」彼はお手上げだというジェスチャーをしてみせた。「これまで彼のような状態の人間は見たことがない。表面に穴をうがつこともできない。われわれの所有する機器の半分は役立たずだ。機械の部分にはあまりに多くの電子機器が使われており、われわれが読み取ろうとしてもぼんやりとしかうつらない。使用されているアンペア数さえ判定することができないんだ。やってみようとはしたんだが、彼に苦痛を与えることになった」彼は言い訳がましく声を落とした。「悲鳴をあげさせるほど」

ロジャーズは顔をしかめた。「だが、彼がマルティーノであることに間違いはないんだな?」

バリスターは肩をすくめてみせた。

ロジャーズは拳を机に叩きつけた。「じゃあ、われわれはどうすればいいんだ?」

「缶切りでも使うんだな」とバリスター。

沈黙のさなか、アメリカFBIからロジャーズのもとに出向しているフィンチリーが口を開いた。

「これを見てくれ」

彼が持参した映写機のスイッチを入れるとブーンという機械音が唸り始めた。フィンチリーはオフィスの明かりを落とした。彼は何もない壁に映写機を向け、フィルムをスタートさせた。「天井についている監視カメラの映像だ」と彼は説明した。「赤外線カメラになっている。彼には見えていないと思う。おそらく就寝中と思われる」

マルティーノ——不本意ながらもロジャーズは彼をその名で呼ばざるを得なかった——は簡易ベッドに横たわっていた。その顔の切れ上がった半月型は内側から閉じられ、伸縮性のあるパッキンの端だけがアウトラインを描いている。その下顎の中央部の格子《グリル》は露出したままになっていた。まるで禿げ頭の男が目をつむり、口だけで呼吸しているかのようだ。ロジャーズはこの男が呼吸をしないことを今さらながら思い出していた。

「これは今日の午前二時ごろに撮影されたものだ」フィンチリーはいった。「ベッドに入ってから一時間半ほどが経っている」

フィンチリーの声ににじむ当惑にロジャーズは思わず顔をしかめた。たしかに眠っているかどうかわからないというのは不気味な眺めだ。だが、そんなことでこっちの神経まで参らされてはたまらない。もどかしさに口を開こうとしたとき、胸の痛みに気がついた。彼は肩の力をゆるめ、左右に首を振った。

フィルムにキュースポットがひらめいた。「よし、ここだ」フィンチリーがいった。「よく聞いてくれ」映写機の小さなスピーカーがぱちぱちと音をたて始めた。

マルティーノの体がベッドの上でのたうち始める。金属製の腕が、火花を散らすほど激しく壁を叩いた。

ロジャーズは思わずたじろいだ。

いきなり男は眠りのなかでうわごとをつぶやき始めた。言葉は流れ出ながらも、一語一語ははっきりと聞き取れた。その口調はひどく早口で、声はせっぱつまっていた。

「名前は！　名前は！　名前は！」

「名前はルーカス・マルティーノ、一九四八年五月十日、ニュージャージー州ブリッジタウン生まれ！……回れ……右！　所属……前へ……進め！」

「名前は！　名前は！　所属は……止まれ！」

「ルーカス・マルティーノ、一九四八年五月十日、ニュージャージー州ブリッジタウン生まれ！」

ロジャーズはフィンチリーが腕に触れるのを感じた。「連中は彼を歩かせていたのか？」

「もしあれが本物の悪夢で、あの男がマルティーノだとしたら答えはイエスだ。狭い部屋を休むことなく行ったり来たりさせて、次から次へと質問で攻めたてる。連中のテクニックはきみも知っているだろう。対象者をずっと立ちっぱなしで歩かせ、その間も質問を浴びせかける。訊問側を疲労させないように数時間ごとにチームを交替させて。けっして眠らせず、座らせることもない。しまいには譫妄《せんもう》状態におちいるまで歩かせる。おそらくはそういうことだろう」

「彼がそう見せかけているという可能性は？」

「わからない。もしかしたらそうかもしれない。だが、本当に眠っているのかもしれない。もしかしたら向こう側の回し者で、われわれが化けの皮をはがす夢でも見ていたのかもしれない」

しばらくすると男はふたたび枕に頭を落とした。そのままじっと横たわり、その腕は肘から折り曲げられ、指は固く丸まっていた。流線形の顔はまっすぐカメラを見上げているようにも見える。男が目覚めているのか眠っているのか、何かを考えているのかいないのか、恐れているのか苦痛を感じているのか、あるいは誰なのか何者なのかは誰にもわからない。

フィンチリーが映写機を止めた。

四

ロジャーズは三十六時間寝ていなかった。あの男が国境を越えてきてからちょうど丸一日がたっていた。ロジャーズはアパートメントに戻ると、ひりつく眼球を乱暴にこすった。衣服をそのまますり切れたカーペットに脱ぎ捨てながら、まっすぐバスルームに向かう。アルカセルツァー〔鎮痛・制酸発泡薬〕を求めて洗面台のキャビネットをあさりながら、胃袋に悩まされることなく何日もぶっつづけで起きていられるフィンチリーのような細身の男をうらやましく思った。

水道管がガタガタと音をたてながら、ゆっくりと茶色い湯をバスタブに満たしていくのを尻目に、彼はカミソリで髭をあたった。短く刈り込まれたごわごわの赤い髪に指をつっこみ、落ちてきたふけに顔をしかめる。

なんてこった、と彼はひとりごちた。三十七歳だというのにもうガタがきている。

バスタブに身を沈めていると熱い湯が、かつて暴動で敷石を投げられてできた腰の古傷にじわじわとしみてくるのを感じた。もはやいかなるエクササイズをもってしてもへこませようのない下腹を見下ろしながら、彼はいっそうそれを痛感していた。

あと数年もしたら自分は完全な太鼓腹になってしまうだろう。湿気の多い季節になれば、このいまいましい腰に死ぬほど苦しめられることになる。かつては二日や三日なら眠らなくても平気で起きていられた――だが、今はとてもできない。そのうち一週間前にはきいた無茶もきかなくなる。

そしていつの日かある決断を下す――いささか処理の難しい、だが、正当と思える――そのときは正しかったのだと思っても、実は間違いだったとあとでわかるような決断を。そのうちに大きなへまを犯すようになり、そのたびに心のなかで冷や汗をかき、自分がどんなに間違っていたかを思い知らされるのだ。ストレスに悩まされ、くよくよ心配し、デキセドリンに頼り、やがて上層部に知られて窓際に追いやられ、どうでもいい仕事を押しつけられるはめになることだろう。上層部が気づかなかったとしても、いつかアザーリンにいやというほどそれを思い知らされ、子供たちはみな中国語をしゃべるようになるのだ。

彼は身震いした。リビングルームの電話が鳴っている。

慎重にバスタブの両縁をつかんで立ち上がり、巨大なバスタオルに身を包んだ。毛布ほどの大きさがあるそのタオルを、いつかアメリカに帰任することになったら持って帰るつもりだった。彼は素足でぺたぺたと電話まで歩いていき、受話器を取り上げた。「もしもし?」

「ミスター・ロジャーズ?」その声は聞き覚えのある戦争省のオペレーターのものだった。

「そうだが」

「ミスター・デトフォードが電話に出ておられます。そのままお待ちください」

「ありがとう」煙草のある場所が部屋の反対側のベッド脇でなければよかったのに、と思いながら彼は待った。

「ショーンか？　オフィスに電話したら帰宅したというのでね」

「ええ、いい加減にシャツが臭くて耐えられない状態だったので」

「今、戦争省にいる。安全保障局の次官と話していたところだ。例のマルティーノ問題はどうなっているのかね？　なんらかの結論は出たのかね？」

ロジャーズは返答の言葉を探した。「いいえ、残念ながら。何しろまだ一日しかたっていないので」

「それはわかっている。だが、あとどれくらいかかりそうなんだ？」

ロジャーズは顔をしかめた。どれくらいかかるか頭のなかで計算してみた。「一週間はかかると思います」あくまで希望的観測だが。

「そんなに？」

「残念ながら。対策チームが立ち上げられ、作業も順調にいっていますが、解明は困難をきわめています。まるで大きな爆弾を抱えているようなものです」

「なるほどね」デトフォードの長いため息が電話の向こうから伝わってきた。「実は、カール・シュウェンが、きみがどれくらいマルティーノの重要性をわかっているのかと訊いてきたものでね」

「わたしは自分の責務を十分心得ています、と次官殿に伝えてください」

「ショーン、やっこさんは別にきみのことを咎《とが》めだてしようというんじゃない。ただ、確かめたかっただけなんだ」

「つまり圧力をかけられているというわけですね」

デトフォードはしばしためらった。「向こうも誰かさんに圧力をかけられているということさ」

「ここのゲルマン式徹底主義には慣れていますので」

「最近ちゃんと眠っているかね、ショーン？」

「いいえ、これから今日の報告をまとめなければなりません。何らかの糸口が見つかればすぐに電話します」

「結構だ。わたしからも次官にはそう伝えておく。おやすみ」

「おやすみなさい」

受話器を置くと同時に電話機の赤いランプが消えた。彼はふたたびバスタブに戻り、目をとじて横たわり、マルティーノの調書を脳裏に思い浮かべた。

そこに記された事実はほんのわずかだった。男の身長は五フィート十一インチのままで、体重は二百六十八ポンドに増えていた。彼の頭蓋は失われていたが、代わりにはめこまれたものの厚みが体重の増加をもたらしているのだろう。

IDチャートは空欄のままだった。瞳の色、髪の色、肌の色に関する記述はなかった。生年月日の記述もなかったが、生理学者は多少の誤差を考慮しても一九四八年生まれと推定していた。指紋は？　痣や傷などの身体的特徴は？

ロジャーズは口元にかすかな苦笑を浮かべた。体を拭き、脱ぎ捨てた服を隅に蹴飛ばし、清潔な服に着替えた。それからバスタブに戻るとポケットに歯ブラシを突っ込み、しばし考えてからチューブ入りのアルカセルツァーも加えると、オフィスに戻っていった。

五

二日目の朝早く、ロジャーズは心理学者のウィリスとデスクをはさんで向かい合っていた。

「連中にマルティーノを解放するつもりがあったのなら」ロジャーズはいった。「どうしてあれほどまでの手間をかけたのだろう？　彼を生かしておきたいだけなら、あんな精緻なハードウェアは必要なかったはずだ。どうしてあそこまで入念な完成品を作り上げなければならなかったんだ？」

ウィリスは無精ひげを撫でながら答えた。「もし彼がマルティーノだとしたら、やつらは絶対に彼を返すつもりはなかったと思う。その点はきみと同意見だ。もし彼を本当に返すだけのつもりなら、既存の方法で適当につなぎ合わせればよかった。それをわざわざ手間暇かけて最新技術を駆使して、ほぼ人間としての機能に近づけることまでした。

連中がなぜそこまでしたかといえば、彼が自分たちの役に立つとわかったからだと思う。マルティーノからそれなりのものを得られるとわかったからこそ、それを最大限引き出すべく、肉体的に可能な状態まで再現した。さすがに外見にまでは気がまわらなかったようだが。もしくは最低限人間らしく見せればいいと考えたのかもしれない。だが、ともかくも彼にそれだけのことをしたのだと印象づけた。そうすれば彼も連中に恩義を感じるだろうと考え、そこにつけ入ることができると考えたのかもしれない。それが彼のプロフェッショナルとしての純粋な憧れをかきたてたという点も忘れてはならない。とりわけ彼のような物理学者にとっては。それは彼とやつらの科学技術との格好の架け橋となるだろう。なかなか見事な心理的テクニックだといえるね」

ロジャーズは煙草に火をつけ、その味に顔をしかめた。「そのことについては検討した。そうであってほしいというどんな仮定もあり得るし、それにこれまでわかっているわずかな事実をあてはめることだってできる。それが何のたしになるというんだ?」

「前にもいったように連中は彼をこちらに返すことなどまったく考えていなかった、もしそうだと仮定すると、なぜやつらは彼を解放した?　われわれが相手側にかけた圧力はともかくとして、彼が屈服しなかったのだとしてみよう。彼らが思っていたような情報源にはならなかったのだと。あるいは一週間後、一か月後に何かを仕掛けようとしているのだと。だとしたら、彼を解放したことにも説明がつく。マルティーノを返すことで、まんまと次なるぺてんを仕掛けたのだとね」

「どれもこれも仮定ばかりだな。そのことについて彼はなんと?」

ウィリスは肩をすくめてみせた。「連中はいくつかオファーを出してきたといっている。彼は罠だと思ってすべて断ったそうだ。やつらの訊問も受けたが、自分は屈しなかったと」

「そんなことがあり得るだろうか?」

「なんだってあり得るだろうね。げんに彼はまだ正気を保っている。そのことは無視できない。彼は常に堅固なバランスの取れた人間だった」

ロジャーズは鼻を鳴らした。

「やつらはこれまでそうしようと思えばどんな人間だって屈服させてきた。なぜ彼がそうでないといえる?」

「そうでないとはいってないよ。だが、彼が真実を述べている可能性もあるということさ。もしかしたらそこにいくまで時間が足りなかったのかもしれない。彼らの使う常套手段よりも彼のほうが勝っていたのかもしれない。どんなに追い詰めても、表情にあらわれることもなく、呼吸が乱れることもない——これは大きな助けになるとは思わないか」

「たしかに」とロジャーズ。「その可能性もあり得るな」

「心拍数もほとんど参考にはならない。なぜなら心臓はほとんど体内の動力源によって動かされているからだ。彼の新陳代謝サイクルも人間のそれとは異なっていると聞いている」

「想像もつかんね」ロジャーズがいう。「まったくもって考えられない。彼が本物のマルティーノであろうとなかろうと、なぜあれほどまでの手間をかけたのか。そして彼は戻ってきた。もし彼がマルティーノだとしたら、連中が何を期待しているのかまったくわからない。そこになんの意図もないなんて考えられない——そんな連中ではない」

「それはこちらも同じだ」

「ああ。われわれはふたつの立場に分かれている。どちらも自分たちが正しく相手が間違っていると信じている。今われわれはこの先続く世界のあり方を決めるために争っているんだ。そのようなきわどいゲームをしているときは一つのミスも許されない。彼がマルティーノでないとすれば、われわれが厳しいチェックをせずに戻したりはしないことはわかっているはずだ。もしこれがわれわれに替え玉をつかませるための作戦だとすれば、これまでの手口に比べてあまりにお粗末だ。だが、もし彼が本物のマルティーノだとしたら、どうして解放したのだろう。マルティーノはやつらの側に転向したのか？　われわれが思ってもみなかったような国々がソビエトになびいたのはそのせいなのか」

彼は額をこすった。「この男をめぐってわれわれを混乱させるのが目的かもしれない」

ウィリスは苦い表情でうなずいた。「そうかもしれないな。なあ、きみはロシア人についてどれくらい知っている？」

「ロシア人？　ソビエトと同じくらいには」

ウィリスは気乗りしない顔で説明した。「そのふたつを一緒くたにすること自体が落とし穴なのさ。だが、この心理戦の時代においては、考慮に入れておかなければならないことでもある。スラブ民族それもロシア人のジョークのセンスというやつだ。そうした意図があったかどうかはともかく、この男のことを知っている連中は、今ごろわれわれのことをあざ笑っているだろうよ。やつらはもったいぶったブラックジョークが大好きなんだ。それも血を見るようなやつがね。ノヴォヤ・モスクワの連中が、夜ごとウォッカを囲んで笑い転げるさまが目に浮かぶよ」

「なかなか面白いじゃないか」ロジャーズはいった。「おおいに気にいったよ」彼はてのひらで顎を撫でながらいった。

「きみは笑ってくれると思ったんだがね」

「冗談はやめてくれ、ウィリス。われわれはとにかくこの男の仮面を打ち破らなければならないんだ。正体もわからないまま、こいつを野放しにしておくわけにはいかない。マルティーノはその分野では最高の物理学者なんだ。彼はまさしくわれわれが次の十年間をかけて開発しようとしているプロジェクトの中心人物だった。彼はK88計画に携わっていた。その彼をソビエトは四か月間にわたって拘束していた。はたしてやつらは彼から何を訊き出したのか、彼に何をしたのか――彼はまだその支配下にいるのか？」

「たしかに……」ウィリスはおもむろに口を開いた。「彼は連中にすべてを明かしてしまったかもしれないし、連中のスパイになったかもしれない。だが、彼がマルティーノとは別人だという可能性については――正直いって信じられないね。無事なほうの手の指紋はどうだったんだ？」

ロジャーズはいまいましげな声を出した。「右肩から下はケロイドにびっしり覆われている。もしやつらが眼や耳や肺を人工的な機器で置き換えられるのなら、モーターで動く腕を直接彼の体に繋ぐほどの技術があるのなら――いったいどうなると思う？」

ウィリスは色を失った。「つまり――やつらはなんでも偽造できるといいたいのか？　たとえそれが本当にマルティーノの右腕であったとしても、本人は必ずしもマルティーノとは限らないと」

「その通り」

六

電話が鳴った。ロジャーズは簡易ベッドで寝返りを打つと、脇にある電話機の受話器を取り上げた。

「はい」彼は眠気のさめやらぬ声で答えた。「ロジャーズです。ミスター・デトフォード」腕時計の蛍光文字が目の前で躍り、視界をはっきりさせるために彼は目を瞬《またた》いた。午後十一時三十分。眠ってからまだ二時間足らずしかたっていない。

「やあ、ショーン。たった今、きみの提出した三番めの報告書を見ているんだが。起こしてしまったのならすまないが、あまり事態は進展していないようだな」

「別にかまいませんよ。いや、わたしの睡眠を妨げたことなら、という意味ですが。ええ、そうですね――マルティーノの件についてはおっしゃるとおりです」

ドアの下の隙間からひと筋の光が漏れている以外オフィスは闇に閉ざされていた。廊下の向かいにあるロジャーズが徴用したもっと広いオフィスではスペシャリストの事務官たち――フィンチリー、バリスター、ウィリスその他のメンバーが作成した報告書を照合し、分析するのに忙しかった。ロジャーズの耳には絶え間なくタイプライターを叩くかすかな音や、ＩＢＭ機器のたてる音が聞こえてきた。

「わたしが顔を出す必要はあるかね?」

「ついでに調査を引き継いでもらえるというわけですか? ぜひ来てください。いつでも大歓迎だ」

デトフォードはしばらく何もいわなかった。「わたしの手元にある報告以上のことはわかったかね?」

「いいえ」

「わたしもカール・シュウェンにそういっておいた」

「まだあなたに難癖をつけているんですか?」

「ショーン、彼の立場としては仕方のないことなんだよ。K88計画はもう何か月も棚上げの状態になっているんだ。どんなプロジェクトだろうとこれほどまでの遅延は許されない。いったんセキュリティ上の疑いが出れば、すべてはおじゃんになる。K88計画がどれだけ重要なものかきみにだってわかっているはずだ。今このときにもアフリカで何が起こっているかきみも気づいていると思う。われわれには相手に示威できるものが必要だ。われわれはなんとかしてソビエトを黙らせなければならない――連中がそれを超えるようなものを開発するまでは。戦争省はわが部門にこの男の扱いについて早急に決断を下すよう圧力をかけてきている」

「申し訳ありません。われわれもそれこそ爆弾を扱うようにあの男の精査を進めています。しかし、今のところ彼がどちら側の爆弾なのか証明できる手がかりはありません」

「だが、何らかの手がかりはあるはずだ」

「ミスター・デトフォード、われわれが国境の向こうに誰かを送り込む際には必ず身分を証明する書類を持たせます。それだけではない。その男のポケットには向こう側の通貨や、家の鍵、煙草、櫛も入れておきます。向こう側で使われている財布に、向こう側で流通しているレシートやクリーニング引換券、向こうのプリント用紙や向こうの手法や溶液を用いて焼きつけた親戚やガールフレンドの写真も。これらはすべてあちら側にはないこちら側の技術で作られたものです」

デトフォードはため息をついた。

「わかっている。彼の場合はどうなのだろう？」

「わかりません。だが、われわれが向こう側に人を送り込む場合は、必ず偽の経歴を作り上げるものです。自動車修理工であれ、パン屋であれ、電車の車掌であれ。その人間が腕利きの場合――重要な任務にはわれわれはそうした優秀な人材を送りこむことにしていますが――何が起こっても、何をされようとも、その人間は自動車修理工、パン屋、電車の車掌であり続けるのです。彼らは本物の車掌ならそうであるように質問に答えるでしょう。本物の車掌ならそうであるように当惑も見せるでしょう。そして必要とあらば本物の車掌のように血を流し、叫び、死んでいくのです」

「ああ」デトフォードの声は穏やかだった。「そうだな。アザーリンは自分が相手にしているのが本物の車掌ではないかと疑うことはあるのだろうか？」

「それはあるかもしれません。だが、彼はそのような疑いを見せるわけにはいきません。そうでなければ仕事ができないからです」

「わかった、ショーン。だが、われわれはなるべく早く答えを出さなければならない」

「わかっています」

しばらく間を置いてからデトフォードはいった。「きみにとってはたいそう困難な仕事だな、ショーン」

「ええ、まあ」

「きみの仕事ぶりには感謝している」受話器の向こうから乾いた唇を濡らす独特の音が伝わってきた。「わかった、現在の状況についてはわたしから上に報告しておく。きみは仕事に専念してくれ」

「はい、ありがとうございます」

「おやすみ、ショーン。できれば、もうひと眠りしてくれたまえ」

「おやすみなさい」ロジャーズは電話を切った。ベッドに座ったまま足元の闇を見下ろす。なんでこんなことになったのだろう、と彼は思う。おれは教育が受けたかっただけだ。両親はブルックリンの波止場から半ブロックほどのところに住んでいた。おれはカントのいうところの『至上命令』がどんなものなのかを理解し、小耳にはさんだバイロンがどこから引用されたのかがわかるようになりたかった。ツイードのジャケットを着て、どこかの大学のキャンパスでオークの木陰に座ってパイプをくゆらしたかった。高校に通いながら夏休みには保険会社の事務員のアルバイトをして、保険金請求の部門で働いた。そしてANGの奨学金に応募するチャンスを得ると、ためらいもせずにそれを受けた。おれが調査能力に長《た》けていることを知ると、彼らは安全保障局の研修生として採用した。そして今ここにいるというわけだ。これまでそれについて深く考えたことはなかった。おれはめざましいキャリアを積んできた。めざましすぎるほどまでに。だが、今考えれば、他のことをやっても同じくらいうまくやれたのではないだろうか。

彼はのろのろと靴をはくと、机に向かい、ライトをつけた。

七

一週間が過ぎようとしていた。マルティーノについては少しずつわかってきたが、どれも役に立つようなものではなかった。

バリスターはロジャーズの机に、最初の構造設計図を広げた。

「これが彼の頭部の機能と、われわれが考えるところのものだ。X線が使えないのでかなり困難ではあるがな」

ロジャーズは図面を見て唸り声をあげた。バリスターはパイプの軸で当該箇所をたたきながら説明を始めた。

「これが彼の眼球組成だ。彼には双眼視覚がある、焦点の調節と視線の移動はサーボモーターによって行われている。このモーターは彼の胸腔内の超小型パイルから動力を供給されている。その他の人工機器についても同じだ。特筆すべきは彼の眼のレンズには高性能のフィルターが備わっていることだ。実に完璧だ。つまり、彼は見ようと思えば赤外線も見ることができるというわけだ」

ロジャーズはこびりついた煙草の葉を唇から吐き出した。「それは面白い」

バリスターはさらに続ける。「そしてここ――眼の両側に音を拾う受信装置がある。これが彼の耳に相当する。やつらは目と耳の機能を、頭蓋の開いている部分に集中させるほうがいいと考えたのだろう。指向性はあるが、本来の人間のものには劣る。それからこれだが、開いた部分を遮蔽するシャッターはかなり頑強にできている。内部の精緻なシステムを保護するためだろう。つまり彼が目をつぶったときには、耳も聞こえなくなるという仕掛けだ。さぞかしぐっすり眠れるだろうよ」

「悪夢を装っていないかぎりはね」

「もしくは本当に悪夢を見ているか」バリスターは肩をすくめてみせた。「それはわたしの担当ではないのでね」

「その他の開口部については？」

「口のことかね？　上顎は固定され、下顎は可動式になっている。これもまた明らかに内部のメカニズムを守るためだな。顎や唾液腺や歯はどれも人工物だ。舌だけはそうでない、口の内部はプラスチックで裏打ちされている。おそらくテフロンか何かだろう。うちのスタッフはサンプルを切り取るのにいささか苦労したようだ。だが、本人はいたって協力的だったよ」

ロジャーズは唇を湿らせた。「なるほど、わかった」彼はそっけない口調でいった。「だが、それがどうやって彼の脳とつながっているんだ？　彼はどうやってそれらを動かしているのかね？」

バリスターは首を振った。「わからん。彼はまるで生まれつき備わっているかのようにそれらを駆使している。随意、不随意神経の中枢になんらかのつながりがあるに違いない。だが、いったいどのようにしてそれがつながっているのかについてはまだわからない。さっきも話したとおり彼はいたって協力的だが、こちらとしては彼を分解するには忍びない。そんなことをしたら復元できなくなる恐れがある。わたしにわかるのは、そうしたメカニズムの中央に、まさに頭蓋の内部に生きている脳が存在するということだけだ。ソビエトの連中がやったことは特筆に値する。やつらが長年この研究を続けてきたことを忘れてはならない」彼はロジャーズの顔が青ざめているのにも気づかず、最初の図面の上に別の図面を重ねた。

「これが動力源の図解だ。ラフなスケッチだけだが、おそらく通常の小型リアクターが使われているのだと思う。これは彼の肺のあるべき位置、すなわち声帯を動かす送風装置と、これまで見たこともないほど独創的な酸素循環装置の隣に位置している。動力は当然ながらすべて電気であり、それが彼の腕と顎と、視覚聴覚器を動かしているというわけだ」

「そのパイルはどれほど堅固に守られているんだ？」

バリスターはその声に称賛の色もあらわに答えた。「完璧だね。X線もろくに通さないほどに。

だが、多少の漏洩は避けられない。彼の生命はせいぜいもってあと十五年というところだろう」

「なるほど」

「とにかくだ、やつらがマルティーノの生死に関心があるんだとすれば、ついでに青写真もよこしてほしかったね」

「一時は関心があったんだろう。それに十五年という期間は長すぎる。もしやつがマルティーノでないのだとしたら」

「彼が本当にマルティーノだとしたら？」

「そうだとしたら、やつらが何らかの形で抱き込んだんだろうな。やつらとしたら十五年もあれば十分だ」

「ではもし彼がマルティーノであり、やつらに抱き込まれていないのだとしたら？　もし彼が新たな鎧《よろい》の下で変わらぬマルティーノであるとしたら？　火星人なんぞではなく、純粋に物理学者のルーカス・マルティーノだったとしたら？」

ロジャーズはのろのろと首を振った。「わからない。答えられるようなアイディアはもう出尽くしてしまった。だが、われわれは彼の正体を見極めなければならない。彼が何をしてきたか、何を感じてきたか——これまで彼が誰と話し、彼が何を思ったかをすべて洗い出さないことには、われわれの仕事は終わらないのさ」

第二章

ルーカス・マルティーノは父親の農場にいちばん近い大きな町の病院で生まれた。母親が難産で身体を痛めたこともあって、彼はマッテオとセラフィーナ・マルティーノ夫妻の長男にしてひとりっ子でもあった。父はニュージャージー州ブリッジタウン近郊のミラノという町で市場向け野菜農場を営んでいた。彼の名前は、両親が一九四七年にアメリカにわたってくる際に渡航費を出し、さらには農場のための資金を貸してくれたおじにちなんでつけられた。

ニュージャージー州ミラノは、家庭用の食料品や家畜飼料、トラクターの燃料などを商い、さらに郵便局を兼ねるなんでも屋を中心に、トマト畑に桃の果樹園、養鶏場などが広がるコミュニティを形成していた。北に一マイル進むと、カムデン―フィラデルフィア間とアトランティックシティを結ぶ四車線のコンクリート製ハイウェイが、轟音をとどろかせて走る大量の車を運んでいた。西にはカムデンとケイプ・メイを結ぶ鉄道の線路がカーブを描いて続いている。南は交通網の三角形の底辺をなすように、ニュージャージーの海岸とチェスター・フェリーからデラウェアの河口を結ぶもうひとつのハイウェイが走り、東海岸に伸びるすべてのハイウェイに接続していた。ブリッジタウンは線路とハイウェイの間に位置していたが、ミラノは三角形のなかにあり、どこへ行くにも五分ですむ距離に住民たちは満足していた。

半世紀ほど前、粘土質の土地には何エーカーものブドウ畑が続き、マラガ・プロセシング・コーポレーションがイタリアから移住させた何百人もの労働者が住んでいた。コミュニティは発展し、農地は開墾され、使われる言語はイタリア語になった。

やがてブドウの葉枯れ病が蔓延《まんえん》すると、コミュニティの固い文化的結束は破られた。ルーカス・マッジョーレのように父親の築き上げた農園を手放して、他の都市のイタリア人コミュニティに移る者もいた。やがて町の一部は外からやってきた移住者によって占められるようになった。その新参の移住者もまた生来の農民たちだった。数年もするうちに、小さなコミュニティはふたたび賑《にぎ》わうようになり、新たな習慣や風俗が定着したが、それらは昔とほとんど変わらなかった。しかし、ミラノのような小さな町にも外の世界の息吹《いぶ》きは訪れ、われわれの誰もが知るような人々を輩出するようになった。

この地域の夏は穏やかで、冬の寒さもさほど厳しくはなかった。郊外に広がる農場は松林や灌木に囲まれ、冬になると庭に大きな目をした鹿が入りこんでくることもあった。道路のほとんどは砂利を敷いてならしてあり、電柱には一、二本のケーブルしか通っていなかった。道路を走るのは集荷用のピックアップトラックのほうが乗用車よりも多く、その乗用車はもっぱらダッジやマーキュリーの新車ばかりだった。道路を数マイルほど行くとトマト缶詰工場があり、マッテオ・マルティーノの農園ももっぱらトマトの栽培が中心だった。そんなマッテオの行動範囲はといえば、たまにリッジタウンへ衣服やトラック部品を買い出しにいく以外、缶詰工場とよろず屋がせいぜいだった。

幼いルーカスは骨太で、すでにマッテオの北イタリアの祖先から受け継いだがっちりとした体格をしていた。瞳は茶色だったが、髪の色はその当時はまだ金髪に見えるほど明るかった。父はよく息子の髪をかき回しては「テデスキーノ（小さなドイツ人）」と呼んでいたが、母はあまり面白く思っていないようだった。一家は四部屋の農家に仲睦まじく暮らしていた。ルーカスもまた成長するにしたがって家の仕事を手伝うようになっていった。家族三人とも別の仕事を担当していたが、互いに責任を分け合っており、どれが欠けても全体に支障が生じた。セラフィーナは家の切り盛りを担当し、集果を手伝った。マッテオはもっぱら重労働を、そしてルーカスは成長し、大きくなっていくにつれて、日々の欠かせない必要な仕事を任されるようになった。畑の雑草取り、農機具の手入れと保管。マッテオはアメリカに渡る前フィアットの工場で働いていたので、息子にもトラクターの修理や維持管理の仕方を少しずつ教えていった。ルーカスはそうした機械整備の才能があった。

兄弟姉妹もおらず、忙しすぎて両親と話す暇もなく、彼は孤独な思春期を迎えたが、寂しいとは思わなかった。ひとつには自分の担当する日々の仕事だけで精一杯だったこともある。そしてもうひとつは、個々のパーツを積み合わせていき、やがて完成品にするという作業に魅せられていたからだった。近くに成長や進歩を観察できるような同世代の子供が誰もいなかったので、彼は自分自身を観察することを覚えた。少年らしい観点から少し離れた場所に立ち、自分の行動を逐一分類しながら、新たな発見をそのよく訓練された、生来の組織的な脳のふさわしい場所にはめこんでいった。はた目から見れば間違いなく、くそまじめで、常に何かに気を取られている子供にしか見えなかっただろう。

家の近くにある小学校に通っていたころは、外の世界との関係を築くことはなかった。昼休みや放課後にはまっすぐ家に帰った。自分の仕事が山ほどあったし、彼自身もそれを望んでいたからだ。英語を除いて全科目は優等だった。もちろんしゃべることに支障はなかったが、文法的な構造に興味を持つほど長くはしゃべらなかったからだ。それでも彼は小学校を優等で卒業し、十三歳になるとブリッジタウンのハイスクールに入学を許され、十二マイル離れた学校へバス通学することになった。

往復二十四マイルにわたる通学路を毎日同い年の少年たち――モーガン、クロスビー、コヴァクス、ジョーンズ、そしてデル・ベッロ、スカルパ――と通うことは大きな影響をもたらした。とりわけ彼のようなもの静かな、自立心に富んだ、好奇心に目をたえず光らせているような少年にとっては。文法上の問題はたちまち吹っ飛んだ。モーガンは煙草を教えてくれた。コヴァクスは音楽の構造について語り、デル・ベッロはフットボールの試合に連れていってくれた。そして何よりも重要なのは、二年生のとき、エドマンド・スタークと出会ったことだった。小柄でずんぐりした、無口な、縁なし眼鏡をかけたスタークは物理の教師だった。

あともう少しの時間と勉学が、そしてあと少しの成長が必要だったが、ルーカス・マルティーノは自力で世界に巣立つ途中にあった。

第三章

一

男が国境を越えてきてから一週間がたっていた。電話を通して聞こえるデトフォードの声は疲れて生気がなかった。ロジャーズの耳もこの二日間かすかな、だが絶え間ない耳鳴りに悩まされ、受話器を耳に押しつけなければ、相手が何をいっているのか聞き取れないほどだった。

「きみの報告書はすべてカール・シュウェンに渡したよ、ショーン。わたしなりの要約もつけておいた。これ以上打つべき手がないという点に関しては彼も同意した」

「そうですか」

「彼自身かつてはこの部門の最高責任者だったんだ。事情については彼も充分わかっている」

「なるほど」

「われわれにとってこのようなことはある意味日常茶飯事だといえる。むしろソビエト側ではもっと起こっているかもしれない。だからわれわれとしては、連中より時間をかけて結論を下したいとは思っている」

「ええ」

デトフォードの声はどこか要領を得なかった。まるでうまく締めくくる言葉を頭のなかで探しているかのように。だが、この会話はすっきり終わるというよりは、尻切れとんぼで終わる運命にあった。デトフォードはいっとき沈黙してからあきらめたようだった。

「そういうことで、明日きみのチームは解散することになる。マル――あの男に関するあらたな方針が固まりしだい連絡するので、それまで待機していてほしい」

「了解しました」

「おやすみ、ショーン」

「おやすみなさい、ミスター・デトフォード」ロジャーズは受話器を置くと耳をこすった。

二

ロジャーズとフィンチリーは簡易ベッドの端に腰をおろし、狭い部屋の向こう側にいる顔のない男を見つめていた。男は食事に使われる小さなテーブルの前に座っている。一週間のほとんどを男はこの部屋に拘禁され、隣室にあるトイレに行くときだけ部屋を出ることが許された。服はあらたに与えられていた。彼は何度かバスルームでシャワーを浴びたが、金属部分が錆《さび》つくことはなかった。

「ミスター・マルティーノ」FBIから来た男は慇懃《いんぎん》な口調でいった。「これまでにもさんざん訊かれてきたことだとは思うが、前回聞かせてもらったあとで何か思い出したことはないかね？」

最後の一突きというやつだ、とロジャーズはひとりごちた。人間誰しもあきらめる前に最後の幸運をあてこまずにはいられない。

彼は今回のプロジェクトが中止になったことをチームのメンバーの誰にも話していなかった。フィンチリーに同行を頼んだのは、訊問にあたってはひとりよりふたりであたるほうが効果的だからである。対象者が弱り始めたら、交互に質問を浴びせかける。まるでテニスボールのように質問が行き交い、相手は交互に目をやりながら、まるで自身がテニスボールになったかのように首を左右に振りだすだろう。

いいや――そんなものじゃない、とロジャーズは思う。おれはただひとりでここに来たくなかっただけだ。

頭上の電球の光が金属製の頭部にきらめいた。男がフィンチリーの質問に首を振ったからだと気づくのにさほど時間はかからなかった。

「いいや、そのときのことはまったく覚えていません。爆発に巻きこまれたことだけは覚えています。まるで顔を直撃されたかのようだった」彼はしわがれた荒々しい笑い声をあげた。「たぶん、そうだったんでしょう。気がついたときは病院にいて、わたしは片手をあげて顔を触ろうとした」まるでそのときのことを思い出すかのように右手が固い顎に触れる。次の瞬間、男はまるでショックを受けたかのように手を離した。初めて何が起こったのかを知ったときもそうであったように。

「なるほど」フィンチリーが急いでいった。「それから？」

「その夜、彼らはわたしの脊椎《せきつい》に大量の麻酔薬らしきものを注射しました。次に目覚めたときはこの腕になっていました」

モーター化された腕がさっと上がり、拳が頭蓋にあたって金属的な音をたてた。そのモーター音のせいか、はたまた衝撃的な瞬間の記憶のせいか、マルティーノは明らかにひるんだ様子を見せた。

男の顔がロジャーズを惹きつけた。眼のふたつのレンズが部屋のすべての光を集め、眼窩《がんか》の奥で暗い輝きを放っている。開口部の格子《グリル》状のシャッターは苦々しげに食いしばった歯のように見えた。もちろんその仮面の奥にはマルティーノでない人間がひそんでいて、なんとか糸口を見つけようとするチームの努力をあざわらっている可能性だってある。

「ルーカス」ロジャーズは男のほうを見ずに、できるかぎり静かに、わざとこもったような低い声で呼びかけた。

マルティーノの頭がさっと彼のほうを向いた。「はい、ミスター・ロジャーズ？」

ボール・ワン。もしこれが訓練のたまものだとしたら、実に見事だ。

「彼らの訊問は広範囲に及んだのかね？」

「あなたが何をもって広範囲といっているのかわかりませんが。二か月ほどでわたしは回復し、その数週間前には訊問できる状態になっていました。彼らがまだ自分たちの知らないことをわたしから聞き出すのに費やした時間は合計すれば十週間くらいになるでしょう」

「それはK88計画に関することかね？」

「K88計画のことはまったく出ませんでした。彼らが知っていたとは思えない。彼らの質問はごく一般的な――われわれがどんな研究を推し進めているのかといったことでした」

ボール・ツー。

「ところでミスター・マルティーノ」フィンチリーが声をかけると、男はまるで戦車の砲塔《タレット》が回転するような不思議な動きで首を回した。「彼らはきみの体を修復するのにそれは時間と手間をかけている。正直いって、もし先に到着したのがわれわれだったら、きみは今も生きているだろうが、見るに耐えない姿になっていただろう」

金属製の腕がデスクの端でぴくりと動いた。長い沈黙が落ちる。ロジャーズは男の口から辛辣な言葉が返ってくるのを半ば期待して待っていた。

「あなたのいわんとすることはわかる」ロジャーズは男のかすかにくぐもった声があまりに冷静なので驚いた。「彼らとしてもそれなりの見返りがなければ、これほどまでの時間と技術を費やしはしなかったでしょうね」

フィンチリーはお手上げだといわんばかりの目でロジャーズを見た。それから肩をすくめてみせた。「だとすればきみもそれに応えるだけの答えは与えたのだろうね」

「いいえ、彼らは何も得られませんでした、ミスター・フィンチリー。彼らもそれなりの努力はしました。しかし弱みを見せない人間の口を割らせるのは容易なことじゃありません」

ホームランだ。それもセンターフィールドの外野席を越え、見えなくなるまで頭上を飛び続けている。

ロジャーズが立ち上がったひょうしに、ふくらはぎが簡易ベッドを押し戻し、コンクリートの床に音をたてた。「わかった、ミスター・マルティーノ。ご協力ありがとう。なんらかの決定的な結論に達することができなかったのはつくづく残念だ」

男はうなずいた。「それはわたしも同じです」

ロジャーズは男をじっと見つめながらいった。「ひとついっておかなければならないことがある。われわれがこれほどまでにきみを質問攻めにしたのは、政府がK88計画の行方について懸念を抱いているからだ」

「なんですって？」

ロジャーズは唇を噛んだ。「残念ながらもうすべては終わってしまった。彼らはこれ以上待てないそうだ」

マルティーノはさっとロジャーズとフィンチリーを交互に見た。ロジャーズは男の瞳がそれ自体の光で輝くのをたしかに見たと思った。バキバキという音がして、男の手が発作的にデスクの端を握り潰した。

「わたしはもう仕事には戻れないということですか？」男は鋭い口調で訊ねた。

彼は机を押しのけ、残っていた生身の筋肉までもが興奮で鋼鉄のケーブルに取って代わられたかのようにぎこちない動きで立ち上がった。

ロジャーズは首を振った。「もちろんこれは公式の見解ではないが、こうなった以上きみのように能力のある男を政府の重要な仕事に近づけるようなリスクを冒すとは思えない。もちろんきみの場合はまだ政治的な判断が働くことも考えられる。だから正式な通達があるまでわたしには何ともいえない」

マルティーノは部屋の奥に向かって三歩進み、踵《きびす》を返して戻ってきた。

ロジャーズはいつのまにか弁解がましい口調になっていた。「彼らとしてもリスクを冒すわけにはいかないんだ。K88計画が手がけるはずだった問題に別のアプローチを探すことになるだろう」

マルティーノは腿をぴしゃりと叩いた。

「あんなベッサーのまがいものをか！」彼は乱暴に腰をおろすと、ふたりから顔をそむけた。その指がシャツのポケットから煙草を探り当てると、口の格子《グリル》に差し込んだ。微かなモーター音とともに、口腔内の柔らかなパッキンが煙草をはさんだ。彼は損なわれていないほうの手で、ぎくしゃくと煙草に火をつけた。

「ちくしょう」男は荒々しく言葉を吐いた。「ちくしょう。K88計画こそが唯一の答えなのに。連中はベッサーの出来損ないの計画ですべてをめちゃくちゃにしてしまうだろう」彼は怒りにまかせて煙を吸い込んだ。

突然、男は振り向いてロジャーズを睨みつけた。「いったい何をじろじろ見ているんですか？　わたしには喉も舌もある。煙草を吸ってはいけないとでも？」

「きみの気持ちはわかる、ミスター・マルティーノ」フィンチリーが穏やかな口調でいった。

マルティーノは燃えるような目をそらした。「そうでしょうかね」彼はふたたび壁のほうを向いた。「おふたりとももう用は済んだんじゃありませんか？」

ロジャーズは無言でうなずいてから口を開いた。「ああ、そのようだな、ミスター・マルティーノ。これで失礼する」

「別に」ふたりがドアの外に出るまで、マルティーノは無言だった。それから口を開いた。「レンズを拭くためのティッシュペーパーをもらえますか？」

「すぐに持ってこさせるよ」ロジャーズはそっとドアを閉めた。「煙でレンズが曇ったんだろう」彼はフィンチリーに説明した。

FBIの男は廊下を並んで歩きながら心ここにあらずといった様子でうなずいた。

ロジャーズはいささか気まずそうな口調でいった。「今のはちょっとした見物だったな。もしあれが本当のマルティーノだったら非難する気にはなれないな」

フィンチリーが顔をしかめた。「そうでなかったとしても、非難する気にはなれんよ」

「もし、今日じゅうに」ロジャーズはいった。「やつを落とすことができたら、おそらくK88計画は続行されていただろう。中止かどうかの判断が下されるのは夜の十二時だ。ある意味ではわたしにすべてが任されていた」

「そうなのか?」

ロジャーズはうなずいた。「彼に中止になったと伝えたのは、どんな反応をするか見たかったからだ。何らかのボロを出してくれるんじゃないかと思ったのさ」

ロジャーズは奇妙な敗北感を味わっていた。彼はもはや空っぽだった。エネルギーは尽き果て、これから先はひたすら長い下り坂を転がり落ちていくしかないのだ。彼が元来た場所まで。

「だが」フィンチリーがいった。「彼がなんの反応も示さなかったとはいえないんじゃないか?」

「ああ、その通り。彼は反応した」ロジャーズはそういいながらも、自分がいわなければならないことに嫌悪を覚えていた。「だが、われわれの役に立ってくれるようなものではなかった。彼が見せたのはごくふつうの人間としての反応だった」

第四章

一

　ブリッジタウン・メモリアル・ハイスクールの物理実験室は細長い作りの部屋で壁の一方は校舎正面の窓側に面していた。メゾナイトの表面がすり減った長テーブルが幾列も並び、その先の一段高くなっている教壇にエドマンド・スタークの机があった。残る二面の壁の片方には黒板が、もう片方は実験器具の戸棚が占めていた。その教室はスタークを満足させるほどでもなかったが、基準以下というわけでもなく、おおむねその目的にはかなっていた。そもそも実験室として設計されたものではなく、ふつうの教室をふたつつなげてそれらしく見せかけたものなのだったが、実験室として使えないというほどのものではなかった。要するにごくふつうのハイスクールの物理のクラスを収容するために作られたものなのだ。

　ルーカス・マルティーノにとっては特別な意味をもっていたが、彼がそれに気づくことはなかったし、その理由に気づくのはずっとあとになってからのことだった。だが、同じような高いレベルの授業が世界中いたるところの高校でも行われていると考えたことは一度もなかった。これは彼のための物理学のクラスであり、彼のための教室で、彼のための教師が教えているものだと思い込んでいた。この教室こそは、彼にとってすべてのものがあるべき場所におさまっている、もしくはそれに近づきつつある場所だった。毎日教室に入って、席につく前に、室内を一瞥するその顔には満足と奇妙な所有の表情が浮かんでいた。ほどなくしてスタークも彼を熱心な生徒とみなすようになった。

ルーカス・マルティーノは事実を蔑《ないがし》ろにできなかった。だが事実を問いただすことはなく、ただひたすら頭のなかにファイルしていった。まるで作業台で発見した機械のパーツのように、いつかそれらが合致する部分を探し当てることを、そして必然的なプロセスを経て、ついには自分が駆使できる完璧なマシンとして完成させる日が来ることを確信していた。目に入るものすべてが彼にとっては事実だった。彼はそのひとつひとつを素直に受け取ったので、どれひとつとして蔑ろにされることはなかった。それまで見聞きしたものすべては彼の脳のどこかにしまいこまれた。彼の記憶は写真のように緻密なものではなかったが——そもそも過去の静止画像には興味がなかった——あらゆるものを包括していた。はた目からみれば、彼の記憶は奇妙な知識のばらばらの寄せ集めにしか見えなかっただろう。そして彼は絶えずそれらを合致させようと、それがどのようなメカニズムを生み出すのかを見極めようとした。

教室ではもの静かで、質問されたときにしか答えなかった。彼は事実を繋ぎ合わせるのに自分の力だけを頼りとしていたので、その場で質問をして誰かに相談しようとは——たとえスタークであっても——思わなかった。彼は答えが与えられることはめったにない自然律の世界に生きていた。スタークに質問して事実の把握の手助けをしてもらうことは、自身に対してフェアではないと考えていた。

当然ながら彼の成績は予測のつかない上昇と下降を示した。多くのハイスクールの理科の授業がそうであるように、スタークの物理クラスもまた、広大な理論の基礎の主だった部分だけを教えることに主眼が置かれていた。生徒たちは機械的に簡単な法則や公式を学ぶことが求められた。おそらくは有益な漠然とした骨組みだけを残すために、多くの外壁のレンガを取り除いた建物のような。彼らはまだそれらのレンガを使って自分独自の建物を作ることは期待されていなかった。ルーカス・マルティーノはそのことに気づいていなかった。それに気づいていたら相容れないものを感じていただろう。彼はスタークがヒントを投げてくれれば、残りは自分自身で充塡する能力があると思い込んでいた。

それゆえに教科書の最初のセンテンスを読んだだけで授業の展開を把握し、あるいはスタークが実験器具をセットし終える前に、一足飛びに結果に到達してしまうということがたびたび起こった。それらは次から次へと彼の頭のなかでつながっていき、まだ固まりきっていないアイディアやヒントや脈絡のないデータの蓄積から新たな骨組みを生み出した。そうしたとき、彼は世間でいうところの天才の閃《ひらめ》きを体験した。

しかし、合致しているように見えながら実際はそうでなかった場合には、凡ミスの袋小路に入りこみ、ふつうの人間が犯さないような馬鹿げた間違いを犯すことがあった。

そうしたときには誤った事実の連鎖をひとつひとつ検討し、なぜどこで誤ったのかを究明し、正しい道へと戻る方法を探した。だが、いったん骨組みを作ってしまうと、それを捨てるのは簡単ではなかった。彼の頭の一部には、そのような、うまくはいかなかったが興味のあるアイディアが――理論としては突飛だが、どこかでつながっているように思える――どんどん溜まっていった。そうした幻の仮説は彼のものの考え方にある程度影響を与えた。彼は決して型通りの理論の受け売り屋にはならなかった。

そうするあいだにも彼はなおも事実を蓄積し続けた。

スタークはベテランの高校教師だった。彼は平凡な生徒たちや、卒業式総代になるだけのためにひたすら努力する生徒たちには慣れていた。そうした生徒たちをいとわしく思うこともなく、そうした若者たちと話をするなどという無駄な労力もとうの昔に放棄していた。彼は教職についてすぐに、自分の関心と生徒たちのそれに共通点がないことに気づいていた。

それゆえにルーカス・マルティーノは彼の関心を惹き、この若者となんらかの接点をもたなければならないという義務感を覚えた。何週間もかけてそのチャンスを探り、ときには自分にそれを無理強いしなければならないこともあった。彼はひっこみじあんで人づきあいが苦手だった。無駄なことには労力を割かない人間で、自分が敬意を抱く相手としか交際せず、それもわずかしかいなかった。

ルーカスが授業の終わりにレポートをまとめようとしているとき、スタークはおもむろに椅子から立ち上がり、残りの生徒たちが出ていくのを待って、少年に近づいていった。

「マルティーノ君――」

ルーカスは教師を見上げた。驚いてはいたが、意外そうではなかった。「はい、ミスター・スターク？」

「ああ――その、きみは物理クラブにはまだ入っていないようだね？」

「はい、先生」物理クラブとは学校の年鑑に載せるグループ写真を撮るためだけの名目的な存在に過ぎなかった。

「実は――このクラブで特別な実験を行おうと思っているんだ。授業とは離れた形でね。デモンストレーションのようなものを行い、みんなの前で公開しようと思っている。他の生徒たちもきっと興味を持ってくれるだろう」それはすべて出まかせで、とっさに口をついて出てきたことにスターク自身が驚いていた。「きみも参加してみないかね？」

ルーカスは首を横に振った。「すみません、ミスター・スターク。あまり時間の余裕がないんです。フットボールの練習があるし、夜は家の仕事があるので」

いつもならスタークはここで引き下がっていたはずだ。だが、今回は違っていた。「そういうなよ、マルティーノ。フランク・デル・ベッロだってフットボールのチームにいながら、クラブにも参加しているんだぞ」

ルーカスはスタークに痛いところを突かれたような気がした。少なくとも今このときまで、彼は物理のクラスを特別なものとみなしてはおらず、他の授業と同等に考えていた。だが、彼は衝動的にこう口走っていた。「僕は一般科学にさほど興味はないんです、ミスター・スターク」物理クラブに入ることと、スタークのあらたなプログラムに加わることは別物だという事実には目をつぶった。スタークのもっともらしい論点には興味がなかった。教師が何かをもくろんでいること、そしてなおもそれを強引に押しつけてこようとしていることだけはわかっていた。「核分裂を説明するのに、山のようなネズミ捕り器にコルクを投げこむのが物理学と関係あるとは思えないんです。失礼な言い草だとは思いますが」

突然、ふたりの間にぴりぴりした空気が流れた。スタークは自分がこうと言い出したことを阻止されるのに慣れていなかった。ルーカス・マルティーノは事実によって生きていた。そして今の状況における事実は、彼にただひとつの立場しか許さなかった。実際どちらも互いの存在が反発しあっていることを、なんらかの形であたりさわりなく撤退する方法を見つけないと、何かとんでもない爆発が起こることを自覚していた。

「きみにとって物理学とは何だね、マルティーノ？」

ルーカスは突破口を見いだし、ありがたくそれを利用した。口をついて出たのは思っている以上のものだった。「それはこの世界でもっとも重要なものだと思います、先生」そういいながらも、彼は自分が門をよろめき出ようとしているような気がしてきた。

「なるほど、それはどうしてだ？」スタークは背後のドアを閉めた。

ルーカスは言葉を探し求めた。「宇宙というのはひとつの完璧な構造物です。すべてがバランスを取って保たれている。それは完璧であって、何ひとつ加えることも、減らされることも許されません」

「それはどういうことだね？」

ひとつひとつ、ルーカス・マルティーノの頭のなかで事実のパーツがはめこまれていく。自分がしゃべっている言葉を聞いているうちに、アイディアや中途半端な概念や断片的な公式――これまで系統だった理論の一環とは考えてこなかったものが、突如として、系統的かつ秩序だった形を取り始めた。真新しい、白紙の実験ノートを抱えて、このクラスの敷居をまたいで以来はじめて、ルーカスはここで何をしているのかを理解した。彼が理解したのはそれだけではなかった。彼は自分自身を理解したのである。彼自身が心に描いた姿は完璧で、ずっと前からそこにあったものだった。

ようやく彼は何かに向き合うことができるようになった。

「どうなんだね、マルティーノ？」

マルティーノは深呼吸し、言葉を探すのをやめた。「宇宙というのは完璧にフィットするパーツで作られています。どれひとつとして動かそうものなら、たちまち他に影響が及びます。ある場所にひとつを足すなら、どこか他の場所から取らなければなりません。僕たちのなすこと——これまでなしてきたことのすべては、そうしたパーツを入れ替えることによって達成されてきました。もし、すべてのパーツがどこにはまるのか、そしてそれを動かしているのが何であるかがわかれば、僕たちはもっと効率的に何かをなしとげることができるようになる。それこそが物理学がやっていることなのです——宇宙の構造を調べ、それを把握するシステムを手に入れること。それが根本にあるものです。それこそがすべてなのです」

「それがきみの信念というわけか？」

「それがあるべき道なのです。信念とは何のかかわりもありません」彼は思わずそう答えていた。スタークが何をいわんとしているのかはわからなかった。自分が何のために存在しているのかを認識したことで頭がいっぱいだった。

スタークはこれまでにも入念にリハーサルされたこの手のスピーチに出くわしてきた。一年にひとりは、この手の若き日のトーマス・エジソンの映画に感銘を受けた生徒がいた。マルティーノがその手のタイプには思えなかったが、これまでの苦い経験があった。そこで彼は何もいわずにただじっと若者を見据えていた。

ルーカス・マルティーノは毎朝永遠の誓いを行う十六歳の少年のような目で、じっと彼を見つめ返している。

スタークは思わずたじろいだ。それは彼を不安にさせ、生まれて初めて引き下がる気を起こさせた。

「なるほど、それがきみの物理学に対する考えというわけか。将来はマサチューセッツ工科大学《MIT》にでも進むつもりかね？」

「それだけのお金があればの話ですが。それに僕の成績では無理ではありませんか？」

「成績についてはきみが頑張ればなんとかなると思うよ。まだ時間も充分あることだし。それに金についても問題はない。さまざまな科学関係の奨学金がある。もしそれが受けられなかったとしても、きみだったらジェネラル・エレクトリックのような大企業が後援してくれるだろう」

　ルーカスは首を横に振った。「それには三つ問題があります。ひとつめは残る二年どれだけ頑張ろうと僕の卒業成績はそこまで伸びないだろうということです。ふたつめに僕はどの会社にも縛られたくありません。みっつめは奨学金ではすべてがまかなえないということです。大学に行けばそれなりに服装に気を配らなければならないでしょうし、少しは気晴らしのための小遣いも必要です。ＭＩＴについて聞いたところでは、授業とアルバイトを両立させる余裕などとてもないそうです。ＭＩＴに入れば二十四時間大学に拘束されることになるでしょう。それに僕は博士号を取りたい。そうなれば最低七年間は必要になる。だから、僕はここを卒業したらニューヨークに出て、おじのルークのところで働かせてもらい、必要な学費を貯めようと思います。ニューヨーク市民になり、ニューヨーク市立大学で何年かを安上がりにすませ、そこでいい成績を取って、ＭＩＴの授業料奨学金を得るつもりです」

その計画は次々によどみなく彼の口をついて出てきたので、さすがのスタークもそれがその場の出まかせとは思わなかった。マルティーノはすべての事実をあるべき場所にはめこんで、それがどのように取るべき行動を導き出すのかを見た。すべてはこれほど簡単なことだったのだ。

「ご両親にはもうそのことを伝えたのかね？」

「まだです」初めて彼はためらいを見せた。「両親にはつらい思いをさせることになると思います。彼らに送金できるようになるまでには長い時間がかかるでしょう」それに他人には口にできないが、一家の人生は永遠に変わってしまい、二度と元に戻ることはないだろう。

二

「どうしてなの」と母親はいった。「なぜ突然ボストンの学校に行きたいなんて言い出すの？　ボストンはここから遠いわ。ニューヨークよりも遠いのよ」

彼はぎこちなく夕食のテーブルに座り、自分の皿を見つめているばかりだった。

「わたしにもわからんよ」と父親が母にいった。「だが、この子が行きたいというのなら、それはこの子の判断にまかせよう。それにすぐ出ていくというわけじゃない。そのときには一人前の大人になっているだろう。大人には自分の人生を決める権利というものがある」

彼は母親を、次に父親を見て、これはとうてい自分に説明しきれるものではないという気がした。

一瞬、彼は決心をひるがえしそうになった。

だが、そうする代わりにこういった。「許してくれてありがとう」宇宙のひとつのパーツを動かせば、残りのすべてに影響が及ぶ。ひとつのものを加えれば、他方で失うものもある。ひとつの事実が別の事実と、すべて緊密にぴったりかみ合い、やるべきことがただひとつしかないとあれば、ほかにどんな選択があっただろうか。

第五章

一

あの男が国境を越えてから八日目、ロジャーズのデスクの呼び出しブザーが鳴った。

「なんだ?」

「ミスター・デトフォードがご面会です」

ロジャーズは唸り声をあげた。「わかった、通してくれ」そして座して待っていた。

デトフォードがオフィスに入ってきた。痩せぎすで蒼白な顔をした男はダークスーツを着て手にブリーフケースを下げていた。「調子はどうだね、ショーン?」彼は穏やかな口調でいった。

ロジャーズは立ち上がった。「ええ、おかげさまで」彼はゆっくりと答えた。「あなたは?」

デトフォードは肩をすくめた。ロジャーズの机をはさんで反対側の椅子に座ると、ブリーフケースを膝に置いた。「マルティーノに関する件の正式な決定をここに持ってきた」彼はブリーフケースを開き、マニラ封筒をロジャーズに手渡した。「公式な決定の文書コピーのファイルと、カール・シュウェンのオフィスからの手紙が入っている」

ロジャーズは封筒を取り上げた。「シュウェンには相当しぼられたんですか?」

デトフォードはうっすらと笑った。「彼らとしてもどうしていいのかわからなかったのさ。誰のせいでもない。だが、彼らは喉から手が出るほど答えを欲していた。K88計画がご破算になった今となってはそれほど差し迫ってはいないだろう。それでも答えは欲しいらしい」

ロジャーズはゆっくりとうなずいた。

「わたしはきみに代わってこの地区の安全保障局長となった。わたしの前職には別の人間が任命された。シュウェンの手紙にはきみをマルティーノの追跡調査担当者として任命すると書かれている。状況をかんがみればシュウェンは最善の答えに行きついたというべきだろうな」

ロジャーズは驚きと当惑に唇が不快に歪むのを感じた。「なるほど」それ以上何もいうことはなかった。

二

「これ以上の直接的調査をしても無意味だ」ロジャーズは男にいった。「われわれとしてもやれるだけのことはやったが、うまくいかなかった。われわれはいまだにきみの正体を証明できていない」

光る眼が無表情に彼を見返している。男が何を思っているのかはまったく見当がつかなかった。狭い部屋にいるのはふたりだけだった。突然、ロジャーズはこれがふたりの個人レベルの問題になっていることに気がついた。考えてみればその度合いは少しずつ増えていったのだが、あらためてそのことに気づいたのは初めてで、今さらながら彼は衝撃を覚えていた。男がここにいることに、その身に起こったことに彼は個人的責任を感じていた。こんなふうに思ったりするのはプロフェッショナルにあるまじきことだったが、今現実に彼はこの男とふたりだけで顔を突き合わせており、最後の圧力をかけるのはロジャーズ自身だった。

「あなたのいうことはわかる」と男はいった。「わたし自身も何か方法はないかと考えていました」彼はぎこちなく椅子に腰かけ、金属製の手を膝に置いていた。今このときも彼が冷静かつ沈着にこのことを考えているのか、それとも鉄格子を叩く囚人のように、頭のなかを希望と絶望が、がんがん鳴り渡っているのか、ロジャーズには知るよしもなかった。「思いついたことがあるんですが、表皮組織のパターンについてはどうでしょう？　ああしたものは一生変わらないはずですが」

ロジャーズは首を横に振った。「残念ながらミスター・マルティーノ、そうしたことは、身体的な身元確認のエキスパートたちがすでに何日間にもわたって徹底的に検討済みだ。きみのいう表皮組織ももちろん調べた。だが、あいにく何の手がかりにもならなかった。爆発以前の記録が残っていなかったんだ。そのような詳細なデータまで必要になるとは誰も思っていなかった」彼は疲れたようにこめかみを揉んでから、力無くその手を落とした。「それ以外についてもすべて同じだ。われわれの記録にはきみの指紋と網膜の写真も残っていたが、どれも役には立たなかった」

そして今われわれはここにいるのだ、と彼は思う。きみが本物のマルティーノなのか、あるいはマルティーノでありながらも向こう側の手先なのかという、おおもとの疑問のまわりを空しく巡りながら。心のなかではどれほど残忍な考えを巡らせようと、われわれ文明人が公けにできることには限りがある。だからもういいのだ。われわれが何をいおうと、何をしようともはや互いにとって安易な逃げ道はない。自分たちは安易な答えを求めようとしたが、もはやそんなものはないとわかった。この先はどこまでも続く長い道のりがあるばかりだ。

「手がかりになりそうなものは何もないと?」

「残念ながらね。偽装しようのない特定の痣や傷跡もない。刺青も何も。われわれもできるだけのことはやったんだ、ミスター・マルティーノ。あらゆる可能性も考えた。その手のスペシャリストも集めた。だが、結論は、これという答えは出ないということだった」

「そんなことは信じられない」男はいった。

「ミスター・マルティーノ。きみはなんといっても当事者だ。そんなきみでさえ何ら役に立つような手がかりを提出することができずにいる。きみほどの優秀な人間が」

「もしわたしがルーカス・マルティーノだとしたら」男は皮肉っぽい口調で返した。

「そうでないとしてもだ」ロジャーズは掌を膝につけた。「もっと論理的に考えてみよう。われわれが考えつくようなことは、向こうだって考えついているはずだ。きみの正体を立証するには通常のアプローチでは役に立たない。われわれは身元鑑定のエキスパートであり、多くの者は長年この種の仕事に携わってきた。わたし自身ANGのこの地区における安全保障局の長を七年間務めてきた。向こう側にスパイを送り込む当事者でもある。だが、きみの正体を突き止めようとするにあたり、むこうもきみの体を再生するのに多くのエキスパートたちが動員されたのだという問題に直面した。きみのケースはまさにこれまでわたしが体験してきたことにあてはまる。ここで対立しているのは世界の半数の国々を背景とした、ふたつの優秀な組織の総力なのだ。それが現況であり、われわれはそのふたつのあいだで立ち往生しているというわけだ。

「これからどうするつもりです？」

「それをいうためにここに来たんだ。われわれとしても、いつまでもきみをここに留め置いておくわけにはいかない。それはわれわれのやり方ではない。だから、きみは自由にここを出ていってくれていい」

男の頭がさっと上がった。「それだけじゃないでしょう？」

ロジャーズはうなずいた。「ああ、そうだ。きみを国家の機密にかかわる仕事に戻すわけにはいかない。それはきみもすでにわかっていたはずだ。そして今日正式に決定が出た。きみはここを出て、何をしてもいい。ただし物理学に関する仕事は除いて」

「なるほど」男の声は穏やかだった。「わたしを泳がせようというわけだ。その禁止令はどれくらい続くのですか？　いつまで監視は続くのですか？」

「きみの正体が解明されるまでだ」

男は静かに、だが苦々しげに笑い始めた。

三

「それでやつは今日出ていくのか？」フィンチリーが訊ねる。

「明日の朝だ。彼はニューヨークに行きたいといっている。われわれは航空運賃と、満額の障碍者手当を与え、マルティーノの四か月分の未払いの給料にあたる額を清算した」

「ニューヨークでも彼に監視チームをつけるのか？」

「ああ、わたしも明日彼と同じ飛行機に乗る」

「同行するのか？　ここでの仕事は辞めるということか？」

「ああ、上からの命令さ。彼はわたしの個人的タスクというわけだ。わたしはニューヨークのANG監視チームを率いることになる」

フィンチリーはしげしげと彼を見た。ロジャーズはずっと前を見たままだ。しばらくしてから、フィンチリーは前歯のあいだから息を吸い込むような奇妙な音をたてた。だが、それ以上先を聞こうとはしなかった。だがロジャーズは彼の唇が同僚の失墜をまのあたりにした男のように歪むのを見た。

「それでこれからどうなるんだ?」フィンチリーは慎重な口調で訊ねた。「あの男が何かおかしな動きを見せるまで四六時中監視するだけか?」

ロジャーズは首を横に振った。「いや、われわれはさらに調査を強化するつもりだ。彼の正体を鑑定する方法がひとつだけ残されている。まずルーカス・マルティーノの心理プロファイルを作り上げる。それからこの男の行動と反応のパターンに逐一照らし合わせる。この状況下で本物のマルティーノだったらどう反応するかを完璧に把握できるように。そしてわれわれは分析する――いかなる国家機密事項取扱機関よりも厳密に、必要とあらば記録天使よりも詳細に。そしてルーカス・マルティーノという人間をグラフ上のさまざまな点として分解し、それをこの男と対比させていく。ルーカス・マルティーノらしからぬ行動を起こせばすぐにわかる。かつてのルーカス・マルティーノが見せないような反応をみせたら、われわれはいっせいに禿鷹のごとく襲いかかるというわけさ」

「なるほど――だが」フィンチリーは心なしか不安げだった。ロジャーズのチームに対する彼の特別任務は終了していた。今の彼はANGの監視ユニットとFBIを繋ぐ連絡係に過ぎない。別個の組織のメンバーとして、求められれば力も貸すが、求められもしないのに助言をすることはできなかった。とりわけロジャーズが降格に過敏になっている今、あえて領分を冒す気にはなれなかった。

「だが?」ロジャーズが聞き返した。

「つまりきみがしようとしているのは、この男がいつか尻尾を出すのを待ち続けるということだろう。だが、やつは賢い男だ。そう簡単に尻尾を出すとは思えない。出したとしてもほんの些細なものかもしれないし、それまでに何年もかかるかもしれない。十五年かもしれないし、尻尾をつかませないまま死んでいくことだってあり得る。その間も彼はずっと抜かりなく演じるかもしれない。あるいはずっと本当のルーカス・マルティーノであり続けるのかもしれない。その場合、このやり方では決してそれを証明することはできないぞ」

ロジャーズの声は静かだった。「ほかにどんな方法があるというんだ？」自分たちがこの泥沼にはまったのはフィンチリーのせいではなかった。彼が降格されたのもANGのせいではない。今回のことが始まったのはマルティーノのせいでもない。デトフォードが降格されたのもロジャーズのせいではない——だが、はたしてそう言い切れるだろうか？　彼らは状況のおりなす枠組のなかにとらわれていた。それらはあまりにぴったりと必然的なパターンにはまりこみ、どのパーツもあまりに見事に形作られ、配置されているので、彼らはそのまま道なき迷路に入りこみ、ただそれについていくしかなくなっていた。

「いいや」フィンチリーが答えた。「皆目見当もつかない」

四

空港には低く霧がたちこめ、ロジャーズは車の外にひとりたたずみ、霧が晴れるのを待っていた。彼は空港管理ビルから十フィート離れた場所に停めた車に背を向けて立っていた。車にはフィンチリーともうひとりの男が乗っている。ロジャーズはコートの襟をたて、ポケットに手を突っ込んだ。彼はエプロンに待機している飛行機の汚れた金属の表面を眺めていた。空を飛んでいるときは、その機体はきらきら輝き、まるで天使のごとくまばゆい。なのに地上で待機しているときは、グリースまみれのリベットの頭や、オイルのしみ、整備士が足を滑らせてできた擦り傷、水の飛沫《ひまつ》が乾いて残った泥などでその美しさが穢《けが》されてしまうことを嘆かずにはいられなかった。

彼はまるでスリのように二本の指をコートの下のシャツにもぐりこませ、煙草を一本取り出した。薄い唇にくわえながら、霧のなかで帽子をかぶらずにたたずんでいるその髪には細かい水滴がコロナ状に光り、霧が晴れてきたので搭乗をうながすアナウンスが聞こえてきた。彼は空港管理ビルのガラス窓越しに待合室を眺め、搭乗客たちがいっせいに立ち上がり、コートの前をかきあわせ、搭乗券を用意するのを見ていた。

もう少ししたらあの男も外に出なければならない。これは通常の民間航空のフライトであり、男はロジャーズとフィンチリーを除いた六十五人の乗客の目にいっせいにさらされることになる。

ロジャーズは肩を丸め、煙草に火をつけながら、この先どうなるのだろうと考えていた。冷たい霧は鼻腔の奥に入り込み、喉の奥でわだかまり続けているように思えた。彼は寒さを感じ、気が重くなった。そうこうするうちに搭乗ゲートのチェック係が配置につくと、人々はその前に列を作り始めた。

ロジャーズは背後で車のドアが閉まる音がするのを待っていた。なかなか聞こえてこないので、あの男は乗客全員が搭乗し終えるまで待つつもりなのだろうかと思った。最後に席に着いて、少しでも注目されるのを避けようと。

男は搭乗客がチェック係の前に一列に並び終えるのを待っていた。それから車を出ると、フィンチリーがおりるのを待ち、大きな音をたててドアを閉めた。

ロジャーズはさっと頭をそちらに向けた。気づくとほかの乗客たちも同じ動きをしていた。いっとき男はその場に立ちつくした。オーバーナイトバッグを手袋をはめた手に持ち、帽子のひさしを目深に引き下ろし、コートのボタンを全部閉めて襟を立てていた。やがて男はバッグをおろすと、手袋を外し、顔をあげて他の乗客たちをまっすぐ見た。それから金属製の手をあげ、さっと帽子を脱いだ。

沈黙のなかを彼は速足で進み、いい方の手に帽子とバッグを持ち、もう一方の手で胸ポケットの航空券を取り出した。彼はそこで立ち止まると、かがみこんで女物のバッグを拾い上げた。

「これを落とされませんでしたか?」彼は小声でいった。

女性は呆然とした様子でハンドバッグを受け取った。男はロジャーズのほうを向くと、いかにも快活そうな声で呼びかけた。「さあ、そろそろ搭乗しなければならない時間ですね?」

第六章

一

若きルーカス・マルティーノがニューヨーク市にやってきたのは奇妙な時期だった。

一九六六年の夏はニューヨークにとっていささか心地悪いものだった。気温は通常よりも低く、たびたび雨が降った。いつもならば夏の宵を楽しみに公園に来て、そぞろ歩いたあとにベンチに座り、行き交う散策者を眺めている人々にとってはがっかりするような年だった。三輪カートでアイスクリームを売りにくる老人も愚痴をこぼし、例年になくベルをやかましく鳴らしていた。セントラルパークの遊歩道ザ・モールで行われる恒例のバンド・コンサートの来客数も大幅に減り、いつもなら熱気のおさまった夜の大気中にゆっくりと消えていくはずの余韻の代わりに、耳の肥えた者たちには妙にきんきんした響きに聞こえるのだった。

そうかと思えば単発的な猛暑に襲われる日もあった。ようやく天候が落ち着いたかと思える週が続き、ギアの調子が悪い車のエンジンがようやくかかり、街全体に本格的な夏のリズムを響かせるかに思える日もあった。だが、それも長続きはせず、またしても雨に逆戻りするのだった。雨は舗道を濡らすほどでなく、おしめりという程度で、木々の葉を開かせるというよりも縮ませた。ボストンだったら申し分ない夏だったかもしれないが、ニューヨークっ子にとってはそうもいかなかった。本来のニューヨークの夏がどのようなもので、どのように味わうべきかを知っている人々は、今年の夏が期待外れになりそうなことにいささか苛立っていた。

だが、若きルーカス・マルティーノにはニューヨークはぴりぴりした不機嫌な場所としか思えなかった。彼のおじはルーカス・マルティーノの母の兄にあたり、一九三六年からアメリカに住んでいた。甥っ子に会い、自分の店で雇うことは喜んでくれたが、年老いて気難しくなりつつあった。若きルーカスはエスプレッソ・マッジョーレで、月曜日を除いた正午から午前三時まで働くことになった。コーヒーを挽いたり、やかましいエスプレッソ・マシーンに粉を補充したり、腕いっぱいのカップをテーブルに運んだりするのがその仕事だった。そこは最近までライバルのギリシャ人経営のコーヒーショップをひいきにしたくない近隣のイタリア人相手のトラットリアだった。

だが、どんどん広がりつつあったグリニッジ・ビレッジの観光エリアは、かつてレストラン相手に焙煎したコーヒー豆を卸し、倉庫で重い袋と格闘していたルーカス・マッジョーレがあらたに開いたコーヒーショップまでも含むようになっていった。壁には壁画が描かれ、アンティークのテーブルがそこかしこに置かれ、有線放送の音楽が流れ、ＩＢＭの最新式電動キャッシュ・レジスターが設置された。大柄で、体格のいい、内省的なやもめ男であるルーカス・マッジョーレは常に羽振りがよかったが、これでさらに儲けることになった。ただひとりの甥っ子に見合うよりも多くの給料を払うことができたが、同時にもっと若いうちに自由を楽しんでおけばよかったのではないかという悔いをも抱いていた。さまざまな誘惑に屈することをよしとしない生来の警戒心が、彼を無愛想にさせていた。コーヒーハウスに対してもかすかな嫌悪を抱いていた彼は、マネージャーを雇い、自分は店にいないことが多かった。ワシントン・スクエアのパーク・ディストリクトのテーブルをしばしば訪れては、黒いコートを着た老人たちが腰を据えて、プロなみの真剣さでチェスに興じているのを眺め、ときにはそれでは飽き足らず、自分から参加させてくれといいそうになることもあった。

若きルーカスがニューヨークに到着した日、おじはペンシルベニア・ステーションで両手を大きく開いて彼を迎え、その背中をぱんぱん叩いて抱きしめ、甥っ子を困惑させた。

「おお、ルーカス！　よく来たな！　ママやパパは元気にしておるかね？」

「元気ですよ、おじさん。よろしくといっていました。僕もお会いできて光栄です」

「そうか、よし、よし――わしはお前が気に入ったし、お前もそうだろう？　われわれはうまくやっていけそうだな」彼は大きな手でルーカスのスーツケースを持ち上げると、地下鉄の駅に案内した。「ミセス・ドルミリョーネ――わしの家主だがな――がおまえの部屋を用意しておる。家賃は安いが、なかなかいい部屋だ。場所もいい。ドルミリョーネ婆さんは歳を取っておるので掃除はしない。おまえ自身でやってくれ。それを除いてはあまり気になることもあるまい。おまえはまだ若い、ルーカス。年寄りにやいのやいのいわれるのは迷惑じゃろう。おまえだって若い連中といたいだろうからな。おまえも十八歳なんだ——自分自身のプライベートが欲しかろう」そういいながらルーカス・マッジョーレは、通りすがりの若い娘のほうに顎をしゃくってみせた。

若きルーカスはなんと答えていいのかわからなかった。彼はおじのあとについてダウンタウン行き急行に乗り、走行する地下鉄のなかで頭上の金属バーを握り締めていた。うまい答えを思いつかなかったので、結局何もいわなかった。列車が四番街に到着すると、おじと甥はそろって下車し、ウェスト・ブロードウェイから少し離れただけの場所にある家具付き下宿まで歩いていった。おじはその下宿の最上階に住んでおり、ルーカス・マルティーノは正面ドアとは別の入口から入ったその地下に住むことになった。ミセス・ドルミリョーネに紹介され、部屋を見せてもらい、スーツケースを置いて、顔を洗うだけの数分間を与えると、おじは彼をコーヒーハウスへ連れていった。

その途中でルーカス・マッジョーレは若きルーカスのほうを向いてこういった。「ルーカスとルーカス——一軒にふたりのルーカスは多すぎるな。マッテオはほかになんとおまえを呼んでおった?」

ルーカスは記憶をたどった。「パパは僕のことを小さなドイツ人《テデスキーノ》と呼んでいました」

「それはいい!　ではおまえのことをそう呼ぶことにする。いいな?」

「はい」

おじはエスプレッソ・マッジョーレの従業員たちにその名前で紹介した。そして翌日午後から働くようにと言い渡し、一週間分の給料を前払いして出ていった。それ以後もしばしばふたりは会った。おじが相手を欲しくなったときはルーカスに食事をつきあわないかと訊ね、ミセス・ドルミリョーネの居間の蓄音機で一緒に音楽を聴かないかと誘うこともあった。このようにルーカス・マッジョーレは、若きルーカスに自分だけで生きていけるスペースを、自分だけの時間を過ごす自由を与えるべく取り計らいながらも、同時に甥っ子がトラブルに巻き込まれることのないよう絶えず目を配ってもいた。彼は若い甥っ子のために最善を尽くしてやったと思っていたし、それは正しかった。

そのおかげでルーカス・マルティーノはニューヨークでの第一日めから、しっかりと地に足をつけることができた。都会というものはもっと楽しみがあるはずだが、自分には公平なチャンスが与えられたのだと思っていた。たしかに少しばかりまわりから切り離されたような気はしたが、それは自分自身の心の持ちようでなんとかなるものだった。

もしこれが別の年の、いつもどおりの夏だったら、彼はもっとたやすく都会の生活のパターンになじんでいただろう。だがこの年は多くの者たちに気晴らしをする気を失わせた。人々はまるで冬であるかのように家に閉じこもり、休暇を取りにいくこともなかった。それゆえにルーカスにはニューヨークっ子たち――ダイナーで向かい合わせに食事を取ったり、映画のチケットを売りつけられたり、混雑するバスのなかで身体を押しつけたりする人々――はみな突き通せない壁の向こうにいるように感じられた。

もしこれが別のおじだったら、彼は故郷に残してきたような家族の一員として迎えられていたかもしれない。もしこれが別の下宿だったら、隣室の人々とすぐに親しくなれるような部屋を与えられていたかもしれない。だが、すべてがそうであるように、すべては分かちがたく、これから送ることになる一年半の生活がどのようなものになるかはすべて彼にかかっていた。彼は自分のいる環境を認識し、秩序だった論理的なやり方で、自分がどのような人生を送るべきかを考えるようになっていた。

二

エスプレッソ・マッジョーレはもともと広大なひと部屋だった。片側にはカウンターがあり、エスプレッソ・マシンと洗ったカップが置かれていた。ベネチアとフィレンツェから運ばれてきた、どっしりとした、精緻な彫刻が施されたテーブルが置かれ、そのいくつかの天板には大理石が使われていた。そのかたわらには地元のアーティストの手になる壁画が現代イタリアふうのモダンな雰囲気を醸し出していた。かと思えば別の壁にはニスを上塗りした古い油絵が、箔の剝がれかけた金の額縁におさめられている。どのテーブルにも砂糖壺と小さなメニューカードが置かれていた。メニューには店が提供するさまざまな種類のコーヒーや、何種類かのアイスクリーム、さらにはスイーツなどが記されている。壁は温かみのあるクリームイエローに塗られ、ルネッサンス時代のアンティークの食器戸棚ふたつに隠されたスピーカーからバックグラウンドミュージックが流れていた。そして店の常連客たちは自分たちの寄付したローマ時代ふう――せいぜいフランス新古典主義が一番近い――の胸像や彫像がディスプレイされた木の台座に目をやっては満足を覚えるのだった。

店の中心はなんといってもエスプレッソ・マシンだった。トラットリアを開いた当時、ルーカス・マッジョーレは中古ではあるが、ほとんど新品に近い最新式の電動式のマシンを備えつけた。クローム製でぴかぴか光るそれは、飛行機の液冷式エンジンの多岐管を思わせ、一番上のチューブにはATLANTINOというメーカー名がブロック体で浮き出ていた。店を改装することになったとき、この新式のマシンは別のコーヒー店に売り払われ、旧式のガス点火式のマシンが取って代わった。このマシンは巨大な垂直のシリンダーで、その上部はニッケルメッキを施したベル型になっており、両側には天使童子《ケルビム》の顔がボルトで固定され、最上部には羽根を広げた鷲が置かれていた。装飾はどこまでも豪華で、シリンダーの側面には渦巻き模様の彫刻が施され、基部からコックが突き出していた。カウンターにでんと鎮座するエスプレッソ・マシンはコーヒー粉を補充するたびに盛大なスチーム音をたてた。正午から午前三時まで、月曜日を除き、店は近隣のビレッジ住民と観光客であふれかえり、真夜中には混雑がピークに達した。彼らは錬鉄細工の背をした椅子に座り、本物の濃いエスプレッソよりもカプチーノを好んだ。マシンが蒸気を噴き上げるときは、客同士の会話も聞こえないほどだった。

ルーカスを除いてエスプレッソ・マッジョーレには四人の従業員がいた。マネージャーのカルロはがっしりとした寡黙な三十五歳の男で、どこかルーカス・マッジョーレと似たところがあり、それゆえに採用されたのだった。彼はマシンの操作と金銭出納を管理し、店の仕事と清掃の監督にあたっていた。彼はルーカスにコーヒー豆の挽き方を教え、常にテーブルを拭き、砂糖壺をいっぱいにしておくことや、カップや受け皿をいかに効率よく洗うかを伝授した。ルーカスが手際よく片付けていくのを見てからは、彼にまかせるようになった。

ウェイトレスは三人いた。ふたりは典型的なビレッジ・ガールで、ひとりは中西部、もうひとりはニューヨーク州スケネクタディの出身で、ともに演劇を学び、八時から一時のシフトで働いていた。三人めのウェイトレスは地元出身のバーバラ・コスタで、当時十七、八歳だったが、フルでシフトに入っていた。彼女はスレンダーな美人だったが、てきぱきと働き、ビレッジの男たちと無駄なおしゃべりに時間を費やすことはなかった。そうした若者たちは午後ふらりとやってきては一杯のコーヒーで何時間もねばっているのが常だった。店が混んでいなければ別に何もいわれることはなかったからだ。バーバラは開店から閉店までいたので、ルーカスはほかのふたりよりも彼女のことをよく知るようになった。ふたりは気が合い、ルーカスは最初の数日間で、彼女から四、五個のカップを落とさずにキープするこつや、複雑な注文の覚え方、頭のなかで計算する方法などを教わった。ルーカスは彼女との友情が気に入っていたし、仕事のスキルにも感心していた。それはきちんと筋道がたてられ彼にも理解できるものだったからだ。それにめったにないことだが話し相手がほしいと思ったとき、そばに誰かがいるのはありがたかった。

一か月もするうちにルーカスはすっかり大都会に順応していた。ワシントン・スクエアより南の入り組んだ番号のない通りを記憶し、主要な地下鉄の路線を覚え、安いクリーニング店や必要なときにわずかな食料を買えるデリカテッセンなどを発見した。彼はニューヨーク市立大学の登録システムや、入学に必要な資格などを調べ、マサチューセッツ工科大学に問い合わせの手紙を出した。地元の選抜徴兵局に登録し、技術適性試験の成績によって一年間の特別猶予が与えられることになった。彼は一年以内に物理学の学生として登録しなければならなかったが、そもそもそれが彼のニューヨークに来た理由だった。自分の目的に合致する環境を整えることにはおおむね成功したといえる。

だが、ニューヨークの初日におじがほのめかしたことが、ルーカスの心の奥底でうごめき始めた。彼は腰を落ち着け、筋道をたてて考えてみることにした。

彼は十八歳で肉体的にはピークにさしかかっていた。彼の肉体はすばらしく完成されたメカニズムであり、はっきりとした欲求と機能を持っていた。この一年は、次の八年間を前にした貴重な最後の自由な時間になるはずだった。

ルーカスは肚を決めた。女性とつきあうなら今を置いてしかない。彼には時間が、手段が、そして欲望があった。いったん筋道が立つと、彼はそのチャンスを探し始めた。

第七章

一

飛行機はロングアイランド上空で最終の降下を始め、ニューヨーク国際空港への着陸態勢に入った。ラウンジの客室乗務員がロジャーズと男に席に戻るようにと促した。

男は優雅な動作でハイボールのグラスを掲げ、唇にあてると残りを飲み干した。彼がグラスを置くと、口の格子《グリル》は元の場所に戻った。カクテルナプキンで顎を拭いながら男は説明した。「ハイカーボンスチールはアルコールに弱いのでね」

空の旅のほとんどを男はラウンジで過ごし、飲み物を注文し、合間に煙草を吸い、グラスと煙草を交互に金属製の手に持ち替えていた。乗客と乗務員はいやおうなしに彼の姿を目にし、慣れなければならなかった。

「さようでございますか」客室乗務員は礼儀正しく答えた。

ロジャーズはやれやれといいたげに首を振った。男のあとについて席に戻りながら彼はこういった。「ステンレススチールではその心配はない、ミスター・マルティーノ。金属部分の分析については確認済みだ」

「ええ」男は答えながらシートベルトを締め、手を膝頭に置きながらいった。「あなたはそうでしょうね。でも、あの客室乗務員はそれを知らない」機体が傾き始め、機首が向きを変えるあいだ、彼は煙草に火をつけず口にくわえていた。「不思議だ」彼は横の窓から外をのぞきながらいった。「まだ夜明けまでこんなに時間があるなんて」

飛行機は滑走路に着地すると、速力を落とし、移動タラップにむかってゆっくりと進み始めた。男はシートベルトを外すと、煙草に火をつけた。「どうやら到着したようですね」男は気安げな口調でいって立ち上がった。「快適な旅でした」

「ああ、そうだな」シートベルトをはずしながらロジャーズは答える。通路の向こう側に座っているフィンチリーに目をやり、FBIの男が眉をあげてみせるのを見て、力無く首を横に振った。ひとつだけ確実なことがあった。この男がマルティーノだろうとなかろうと、これから彼らはこの男と不愉快な体験を共にすることになるのだ。

「さて」と男はいった。「もう個人的にお会いすることはないでしょうが、ここでお別れをいうべきかどうか決めかねています」

ロジャーズは何もいわずに手を差し出した。

男の右手は温かく力強かった。「ニューヨークにまた戻れて幸せです。実に二十年ぶりなんです。あなたはどうなんです、ミスター・ロジャーズ？」

「十二年というところかな。わたしはここの生まれなんだ」

「そうでしたか」男は先に立ってゆっくりと後部ドアをめざしていた。「それではさぞかし懐かしいでしょうね」

ロジャーズはどうかな、といいたげに肩をすくめてみせた。

男は悲しげな含み笑いを漏らした。「失礼——お互いにとって楽しい旅でないことを一瞬忘れかけていました」

ロジャーズは答えなかった。彼は男のあとをついて歩き、出口近くで客室乗務員からコートを受け取った。ふたりはエスカレーターに乗り込んだ。ロジャーズの目の位置に、男のむきだしの頭部があった。

男は何かいおうとするかのように振り向きかけた。

そのとたんエスカレーターの基部で最初のフラッシュが炸裂し、男はたじろいだ。よろめいたはずみで背後のロジャーズにぶつかり、瞬間的に男の体重がロジャーズにかかった。ロジャーズはつんと鼻をつく刺激臭を嗅いだ。それは長時間にわたって男のシャツにしみ込んだ汗の臭いだった。

タラップ下の広場にはカメラマンの一団が男に向かってレンズを向け、次から次へとフラッシュの強烈な光を浴びせかけた。

男は向きを変えてエスカレーターを戻ろうとした。その固い手が、ロジャーズを押しのけようと肩をつかむ。口の格子《グリル》の奥のガスケットは見えなかった。ロジャーズは男の奥歯ががちっと音をたててぶつかるのを聞いた。

背後からフィンチリーがふたりを押しのけてエスカレーターを駆け下りていた。札入れから取り出したＦＢＩの徽章がフラッシュを浴びて輝いた。とたんにカメラマンの攻撃がやんだ。

ロジャーズは深呼吸してから、肩に食い込んだ男の手を外した。「大丈夫だ」彼は優しくいった。そしてそれがどこにもつながっていないかのように男の手をそっとおろした。「心配しなくていい。パイロットが先走って無線で報告か何かしたらしい。フィンチリーが新聞社や通信社のトップと話をつけてくれる。きみのことが世界中に知られる心配はない」

男はもとの位置に戻り、ぎこちない動きでエスカレーターから降り立った。そして礼ともつかえながらの詫びともつかぬ言葉をつぶやいた。ロジャーズは聞こえなくてよかったと思った。

「メディア対策はわれわれがやる。きみが心配しなければならないのは、これから会う人たちに対してだ。だが、見ていたかぎりではきみならきっとうまくやっていけると思う」

男の光る眼が鋭くロジャーズを見た。そして吐き捨てるようにいった。「あまりじろじろ見られないかぎりはね」

二

ロジャーズは同じ日の午後、地元のＡＮＧ安全保障局を訪れ、時おり肩を揉みながら説明を続けていた。二十二人の男たちが彼の前にずらりと並んだ教室椅子に座り、右の肘掛けの上に置かれたレポート用紙にメモを取っている。

「さて」ロジャーズは疲れた声でいった。「きみたち全員にマルティーノに関連する報告のファイルが渡されていると思う。これだけでもかなり広範囲に網羅されているが、同時にこれはほんの出発点にすぎない。きみたちにはここを出ていくときには各自それぞれの任務が与えられる。だが、わたしはこのチーム全体が何をなすべきなのかをみなにも知っておいてほしいと思う。全体像がつかめるようになるまで、どんな取るに足らないと思えるようなことでも報告してほしい。

さて、われわれが求めているのはひとりの男の全体図だ。毛細血管の一本から――」彼の唇がぴくりとひきつる。「リベットの一本にいたるまで。きみたちの報告から、われわれは彼が生まれた日から実験の爆発事故にいたるまでのプロファイルを繋ぎ合わせていく。彼がどんな食物を好んだか、どんな銘柄の煙草を吸っていたか、どのような悪習があったか、そしてどのような女性を好んでいたか――その理由も。彼が読んできた本のリストを作成し、どんな箇所を気に入っていたのかも。きみたちの大部分は彼に関する徹底的な調査のみに従事することになるだろう。そこからわれわれわれはこの男の心を読み取っていく。なぜならそれだけが識別を可能にする唯一の手掛かりだからだ。

　このなかには監視チームとしての任務を与えられる者もいるだろう。その報告はわれわれの調査と逐一照らし合わされる。それゆえに詳細かつ正確であることが求められる。彼がわれわれの監視を知っていることを忘れてはならない。彼がわざときみたちを間違った方向に導くような行動をする可能性もあるということだ。うっかり尻尾を出すことがあるとしたらそれはほんの些細なことに違いない。彼が話す相手に気をつけるんだ——彼の煙草の火のつけ方と同じくらい注意を払え。

　きみたちが相手にしているのがとてつもない天才だということを忘れないでほしい。男が本物のルーカス・マルティーノだろうと、ソビエトの替え玉だろうと、彼がわれわれの誰よりも聡明な男だということは間違いない。そのことに向き合い、常に心に留め置き、われわれが数の上で勝っていること、われわれには組織があるのだということを忘れないでほしい。もちろん」ロジャーズは自分の声に不満の響きを感じ取った。「彼もまた別の組織の一員かもしれない。だが、連中にしても彼をひとりで泳がせておくほうが賢明な方法ともいえる。

　あるいは彼が替え玉だったとすれば、また話は別だ。やつらは彼がテクノロジー関連の開発計画に復帰することを望むだろう。だとすれば今の彼は手足をもがれたも同然で、どこにも行くことができない。そうなればANG側から脱出して向こうへ行こうとするかもしれない。そのときを見逃すな。あるいはなんらかの目的があってここに留まっているのかもしれない。われわれが彼をそのように扱うことを見越した上で。そうなればその状態からなんとか脱出する策を見つけだそうとするかもしれない。彼が人間爆弾であるとか、殺人光線を内蔵した歩く兵器だとかいった怪しげな代物ではないことは確かだ。だが、これもまた間違っているかもしれない。彼が何か電子機器のパーツや、その他のなんであれ何かを作り出すような資材を買い集め始めたら用心してくれ。

そして彼の経歴について調べるチームは、彼がかつて地下室であれこれ怪しげなものを弄《いじ》り回していたとか、うさん臭い仕掛けのアイディアをディスカッションで口にしたことがあったなどといったエピソードがあったらすぐに知らせてくれ。彼が携わっていたK88計画がどういうものかはわからない――ただこれがすさまじい影響力を持つものだということだけはわかっている。彼がどこかでこっそりそれを再構成することがないよう、われわれとしては心しておきたい」ロジャーズはため息をついた。「何か質問はあるか？」

ひとりの男が手をあげた。「ミスター・ロジャーズ？」

「なんだ」

「われわれ以外の動きについてはどうなんですか？　ヨーロッパにもわれわれと同じようにソビエトが彼に何をしたかを解明しようとしている組織があると思うのですが」

「たしかに。だが、連中はわれわれが未解決部分をすべて究明してくれると期待しているから形だけそう見せているにすぎない。だからなんの結果も得られないだろう。ソビエトにはわれわれの保安局長官に相当するアザーリンという男がいる。なかなかの切れ者だ。彼は大きな障害になる。もし彼の目をかすめて何かを得ることができるとしたら、それはまさに僥倖《ぎょうこう》だ。わたしが彼だったら今ごろはもう関わりのあるすべてのスタッフをウズベキスタンに移し、関連する記録はすべて破棄しているだろう――そんなものがあるとすればの話だが。ひとつだけはっきりしていることがある――われわれはこれまで向こう側に何人もの人間を送りこんできた。だが、誰ひとり戻ってこなかった。ほかに質問は？」

「はい、この男の正体が確定できるまでどれほどかかると思われますか？」

ロジャーズはただ相手を見つめるばかりだった。

三

ロジャーズがオフィスでひとり座っているところに、フィンチリーが入ってきた。外はふたたび夜のとばりがおり始め、ロジャーズのデスクの明かりだけの室内はうす暗かった。フィンチリーは椅子のひとつに座り、ロジャーズが読書用眼鏡を折りたたみ、胸ポケットにしまうまで待っていた。

「首尾はどうだった？」

「すべて押さえた。新聞、ニュース、テレビ。彼の存在が世間に知れわたる心配はない」

ロジャーズはうなずいた。「助かるよ。やつがマスコミねたにでもされたら、われわれにとって最後のチャンスも失われてしまう。そうなったらお手上げだ。配慮に感謝するよ、フィンチリー。

そうでなかったら彼を正確に観察することなどとても無理だっただろう」

「彼にとってもあまり愉快な経験だったとはいえないだろうな」フィンチリーがいった。

ロジャーズはじっと彼を見つめてから、聞こえないふりをした。「ニュースメディアに携わる連中に関してはFBIより上のレベルには行かないんだろう？」

「そうだ。ANGは別格だがね」

「結構だ。助かるよ」

「実はおれが来た理由のひとつもそれなんだ。マルティーノは空港での出来事のあとどうなったんだ？」

「タクシーでダウンタウンに向かい、十二丁目と七番街の角でおりた。そこの軽食堂でハンバーガーとミルクを頼んだ。それから徒歩でグリニッジ・アベニューに向かい、そこから六番街に、さらに四番街まで歩いていった。そして数時間ほどその通りを行ったり来たりしていた」

「またしても公衆の面前に姿をあらわしたというわけか。自分は怖《お》じ気《け》づいちゃいないと証明するために」

「そのようだな。彼の存在は行く先々でちょっとした騒ぎを起こした。彼を見ようと振り返る者や、指さす者たちもいた。まあ、その程度のものだ。それでも彼にしてみれば見過ごせるようなことではなかっただろう。まだ、滞在先を探すこともしていないようだった。おそらく戸惑っているというのが正解だろう。次の報告は三十分後に入る予定だ――その前に何か特別なことが起こらないかぎりは。まあ、今は様子を見るしかない。今は先ほどの軽食堂をチェックさせているところだ」

フィンチリーが椅子から彼を見上げていった。「なあ、なんとも胸くそ悪い商売だと思わないか？」

「まあな」ロジャーズは顔をしかめた。「それがどうした？」

「飛行機に乗っているときの彼を見ただろう。刻一刻と心が折れていくというのに、そんなそぶりはみじんも見せなかった。彼は六十余人の前に姿をさらし、己の姿を見せつけ、自分自身にも、われわれにも、乗客にも、自分は逃げ隠れしないことを証明した。彼は乗客たちに、われわれに、ざまあみろといってみせたのさ。自分の外見がいかに地球人離れしていようと、自分は同じ人間なんだってことを」

「そんなことは百も承知だ」

「だが、いざそれを実行したとたん、世間というやつが彼の前にあらわれてきつい一発をお見舞いしたというわけだ。自分の姿が連合国《AN》じゅうにフルカラーで知れわたり、これから先永遠に怪物の烙印を押されるのだということを彼は知った。これほどまでの打撃に耐えられる人間がいると思うか？　これはおれ自身の人生に起こったことかもしれないし、きみにだって起こり得たかもしれない」

「ああ、たぶん」

「だが、彼はそこから立ち上がった。自分からニューヨークの往来に出て、姿をさらし、それでももちこたえた。自分がどんな打撃を受けるかわかっているはずなのに、また戻ってきたんだ。これこそ男というものじゃないか！　ロジャーズ！　あいつこそはまさに男だ！」

「どういう男だと？」

「くそっ、ロジャーズ！　時間とチャンスを与えればソビエトに偽装できない身分なんてあるものか！　やつらが本気を出せば替え玉にできない人間なんかいやしない。自分が何者であるかを証明できる人間なんてどこにもいやしないんだ。なのに、われわれはこの男だけにそれを求めるのか」

「だが、そうするしかないんだ。それは仕方がないことだ。彼は自分が何者であるかを自分で証明しなければならないんだ」

「彼が害を及ぼさないようなところに送ることだってできるだろう」

ロジャーズは立ち上がって窓辺に向かった。指でブラインドの紐をもてあそびながら彼はいった。

「この世の中のどこにも無害な人間なんて存在しないのさ。たとえ彼がただ座ってそこにいるだけだとしても、まわりの者たちはみな、彼が誰であるのか、何を考えているのかという問題を解決しなければならない。その問題が解決されるまで彼は危険な存在なんだ。

たしかにANGはこの男を無人島に送りこむことだってできただろう。そこでなら彼も何もできないかもしれない。だが、ソビエト側はすでにK88計画を手中にしているかもしれない。本物のマルティーノはまだ国境の向こうにいる可能性もある。そうなったら無人島にいる男は世界でもっとも危険な存在となる。男が何者かという確証をつかむまで、彼はまさしく危険人物なのだ。たとえどこにいようとそれは同じだ。もしわれわれがなんらかの確証をつかむとしたらここからスタートするしかない。そしてもし確証が得られず、本物のマルティーノではないとわかったときに、彼を阻止するためにぴったり密着している必要がある。それがわれわれの仕事なんだ。フィンチリー。きみもわたしも途中でおりるわけにはいかない。彼が死ぬまでわれわれは引退もできないというわけさ」

「くそったれ、そんなことは百も承知だ、ロジャーズ。別に任務からおりようってわけじゃない。だが、われわれはこの男が国境を越えてきてからずっと見ている。彼を監視し、彼がどんな目にあってきたかも見てきた――だからといってこちらの仕事に変わりがあるわけじゃない。だが、おれが思うに――」

「きみは彼がマルティーノだと思ってるのか？」

フィンチリーはいいよどんだ。「いや、こちらも確証があるわけじゃないが」

「だが、きみは彼がマルティーノだと思わずにはいられない。彼が傷つくから？　涙を流して泣くからか？　彼が怯え、絶望し、どこへも行くところがないのを知っているからか？」ロジャーズはもてあそんでいたブラインドの紐をぐいと引いた。「だが、それはわれわれも同じじゃないのか？　われわれ人間はすべて？」

第八章

一

若きルーカス・マルティーノは四組の汚れたカップと皿を左手に、きれいに拭いたばかりのテーブルを離れた。バーバラに教えられたとおり二枚の皿を指にはさんで重ね、残りの二組はその上に重ねていた。カウンターに戻る途中に汚れが見つかればすぐさま拭き取れるよう、右手には清掃用のスポンジを持っている。彼はこの仕事の進め方が気に入っていた。効率的で時間の節約にもなるし、時間をかけたところで結果に大差はない――午後のラッシュももう過ぎようとしていた。

カップと受け皿をカウンター下のバスケットに投げこみ、スプーンをさらに小さなトレイに投げ入れながら、いったいさっきまでの混雑は何だったのだろうかと考えていた。エスプレッソ・マッジョーレが不定期的に午後四時ごろから急に混み始める原因はとりたてて思い当たらなかった。本来ならふつうの人々はまだ働いている時間だし、来るべき夕飯に思いを馳せるか、今日のように天気のいい日には公園を散歩しているはずだった。だが、そうする代わりに彼らはここにやってくる――それもほぼ決まった時間に集中し、店はそれから半時間ほど混雑するのだった。五時十五分になったいま、店はふたたびがらがらになっていた。テーブルはふたたびきれいに拭かれ、椅子は定位置に戻された。だが、それまではてんてこまいの忙しさで、シフトに入っている彼とバーバラだけでは手が足りず、マネージャーのカルロもいくつかのテーブルを引き受けていた。

彼はバスケットに積み重なった使用済みのカップに目をやった。ほとんどの客が同じものを注文したように見える。目先を変えたカプチーノではなくストレートのエスプレッソを――このあたりの人々がいちように甘い飲み物ではなく強い刺激物を欲しているというのも興味深かった。だが、みな職業はばらばらのはずだ――居酒屋の店主もいればその従業員もいる。アーティストもいれば遊び人もいる。そして観光客。たとえやっていることはばらばらでも、みながいっせいにくたびれ果てるなどということがあるのだろうか。彼は心のなかで眉をひそめた。そして自分にもそのようなことがあったか思い起こそうとした。だがたったひとつの例だけでは決定的な確証にはならない。彼はそれを記憶のファイルにしまいこんだ。また同じことが起こったときに取り出せるように。

彼がとりとめもなくそんなことを考えているところに、自分の担当のテーブルを片付け終えたバーバラがカウンターに戻ってきた。彼女はやれやれといいたげな笑みを浮かべ、首を振って手首の裏側で額の汗を拭った。「ふうっ！　やっと一日が終わったことに感謝しなくちゃね、テデスキーノ」

ルーカスはにやりとした。「夜のラッシュを見てからいってほしいね」彼はバーバラがかがみこんでバスケットにカップを入れているのを見ながら、制服のスカートがそのほっそりしたヒップをくっきりと浮き上がらせるのを見て赤くなった。彼は慌てて気を引き締め、そそくさとカトラリーの入ったトレイをシンクのある奥の小さな部屋に運んでいった。

「夜なんてラッシュのうちに入らないわよ、テッド。アリスとグロリアが来てくれるし――今のこれの半分は楽だわ」そういってバーバラはウィンクしてみせた。「あなたのお待ちかねのアリスが来るわよ」

「アリスが？　どういうこと？」アリスは情熱的な、とがった顔をした娘で、自分の仕事はおろそかでお客や同僚にもみじんの関心も払おうとしなかった。

バーバラは頬の内側に舌をあて、床を見下ろした。「あら、別に」彼女は唇をすぼめてみせた。

「でも、きのう彼女あなたのことを好きだっていってたのよ」

ルーカスは顔をしかめた。「きみとアリスがそんなことを話してたなんて知らなかったよ」まるきりアリスらしくない。だが、いちおう考えておく必要はある。もし本当だとしたらトラブルの元だ。同僚の女の子とねんごろになるのは得策ではない――もしくはそう聞いている。たしかにそれには一理あった。自分の目的のためにどんな女性が必要か彼にはよくわかっていた。恋に落ちるような相手であってはならない――アリスにはその心配はなかったが。だが、同時にもっと性的に自由な女性でなくてはならない。彼には時間が限られているし、日常生活圏内——働いていたり、勉学していたりする最中に会う心配のない程度には離れた場所に住んでいる必要がある。

「アリスのこと気に入らないのね？」

「なんでそんなこというんだよ」彼はバーバラから目をそらした。

「だってそんな顔しているもの。何か複雑なことを考えているときの目をしているし、それが気に入らないときの口つきをしているわ」

「ずいぶん細かく観察しているんだね」

「かもね。オーライ、アリスは好みじゃないんならグロリアはどう？　彼女、美人よ」

「だけど、あまり頭がよくない」彼のガールフレンドになる女性は少なくともまっとうなおしゃべりができる程度であってほしかった。

「アリスはだめ、グロリアもだめ——それじゃいったい誰がいいの？　どこかに彼女をしまいこんでるの？　明日はその娘とどこかへデートってわけ？　明日はお楽しみにはもってこいの日だものね。だって月曜日よ」

ルーカスは肩をすくめてみせた。それはわかっていた。これまで三回の月曜日を彼はガールハントに費やしていたのだ。

「それに今日は給料日だわ。わたしが忘れるとでも思ってるの？　明日は楽しいデート三昧よ」

ルーカスは思わず唇がひきつるのを感じた。「ステディなボーイフレンドがいるの？」

「まだ、そこまでってわけでもないけれど。でも、いつかきっとそうなるわ。あなただからいうけれど、彼はこれまでつきあったなかで一番素敵な人よ。それは魅力的で、ダンスがうまくて、礼儀正しい、大人の男性なの。これほどの男性にはめったに出会えるものじゃないわ。そんな人に出会ったら女の子はめろめろになっちゃう。それでも、たまに、もしかしたら、もうちょっと待っていれば、もっといい相手があらわれるんじゃないかって思っちゃったりするのよね。そんな人がいたらって」彼女はまっこうからルーカスを見た。「わかるでしょ、そういう気持ち」

「ああ、そうだね――たぶんわかるような気がする」彼は上唇をかみ、下を向き、とってつけたようにこういった。「さてと、これを洗いにいかなくちゃ」彼はカトラリーのトレイを持ち上げ、奥の部屋に急いだ。流しに中身を投げこむと、湯栓を乱暴にひねった。シンクの縁を握りしめ、下を向いて立ち尽くしていた。それでもしばらくすると気分はよくなった。バーバラにステディがいるという事実には心穏やかではいられなかったが。

いずれにせよ、バーバラは彼が今求めている女性ではなかった。

二

その月曜日は天気に恵まれた一日となった。太陽はさんさんと輝いて通りを温め、ビレッジの狭い歩道のいたるところには椅子が置かれ、玄関の階段のかたわらに老人たちが腰をおろし、お隣りさんや通りかかった友人たちとおしゃべりを楽しんでいた。その日は仕事のない若者たちは停めた車に寄りかかり、あるいはフェンダーに腰かけ、ビレッジの娘たちは視線を意識しながら歩いていた。人々はワシントン・スクエア・パークの芝生に犬を連れ出し、裏通りでは非常階段に渡された洗濯ロープに幾列もの洗濯物がはためいていた。網で囲われたパーク・デパートメントのハンドボールとテニスコートは人々で賑《にぎ》わっていた。

ルーカス・マルティーノは二時半すぎに自宅アパートから通りに出て、薄手のシャツにズボンという格好で人々の賑わいのまっただなかに踏み出した。頭を下げ、わき目もふらず、まっすぐ地下鉄の駅をめざす。彼は落ち着かず、あれこれ思い迷っていた。今日こそはめざす娘に会えることを願いながら、同時にどうやってアプローチするかを考えると不安になった。これまでにもハイスクールのモテ男たちの手口を観察し、自分にも同じことができると確信していた。一度ならず、女の子を映画に連れていったこともあるし、そうした若い男女の交際に適用される社会的コードについてはまったくの初心者というわけでもなかった。ただ今の彼が求めているのは社会的なパートナーではない。

もうひとつバーバラのこともある。これに関してはただ自制あるのみだった。今の彼にはいかなるものであれ長期にわたりそうな関係は考えられなかった。この先の長い時間のかかる修業期間に女性を待たせておくわけにはいかない。それだけでなく去年のアジアでの一件以来、これまでになく物理学のスペシャリストが政府関係の仕事に求められている。それはつまり、長期にわたってどこかのプロジェクト基地で——住宅事情も悪く、仕事以外の余裕がまったくないような生活に従事することを意味していた。彼には自分の性格がわかっていた——いったん何かを始めたら、他のことには目もくれず、がむしゃらに邁進するだろうと。

そんなのはだめだ。彼はニューヨーク行きを打ち明けたときの母の顔を思い出していた。依存するような相手がいるような男は、相手や自分を——そして多くの場合双方を傷つけずにはおかない。バーバラをそんな境遇に置くわけにはいかなかった。

それに今探しているのはそのようなものではない、と彼は自分に言い聞かせる。今必要なのはそれじゃない。

地下鉄の駅に着くと彼はアップタウン行きの列車に乗り、一度も目を上げずにコロンバス・サークルに向かい、目的地に着いたとたん、目をあげて女の子を探し始めた。

彼はセントラル・パークに入り、五番街の方角に向かってゆっくりと歩き出した。あまりにも人目を気にし過ぎていたので、ベンチに座っている人々には挙動不審に思われたかもしれない。

若い女性たちの姿は少なかった。それにほとんどがふたり連れで、彼にはまったく関心を払わなかった。みなはローラースケートのリンクに向かっており、そこでデートの待ち合わせの相手と会うか、同じような若い男性のふたり連れを探すつもりなのかもしれない。自分もリンクに行ってみようかという考えが頭をかすめたが、甘ったるいオルガン音楽にあわせてぐるぐるリンクをまわるのはあまりに意味のない行為に思えてやめた。そうする代わりに彼は別の小径《こみち》に入り、それとは知らずに高いフェンスに囲まれたバード・サンクチュアリのまわりを一周していた。いきなり向こう側の空き地に一羽のクジャクがあらわれ、まるで広がっていく夢のように羽根を開いていくのを見て、彼は思わず足を止めてうっとり見入った。クジャクが歩み去るまで彼はその場に十分近くも微動だにせず立ちつくしていた。やがて握りしめていた金網から指をふりほどくと、ふたたびゆっくり歩いて東をめざした。

晴れわたる陽光のもと、人々がいたるところにあふれていた。通りすがりのベンチもすべてふさがり、乳母車が道に突き出し、幼い子供たちが鳩のあとをちょこちょこと追いかけている。白いお仕着せのナニーたちは一団となっておしゃべりに花を咲かせ、老人たちは新聞を読みふけり、老女たちはハンドバッグを膝に置き、池を眺めながら何もない手をまるで縫いものをしているかのように動かしている。

ここでもひとり歩きの女性は少なかった。彼は目の隅で相手に悟られないように観察していたが、自分の求めているような女性は見当たらなかった。そのたびに彼は道の外側に顔をそむけ、さっさと通りすぎ、あるいは立ち止まって腕時計をのぞきこむふりをした。

自分が求めている女の子にはそれとわかる何かがあるはずだと思っていた——服装にせよ、歩き方にせよ、あたりを見回す様子にせよ、何か他の女の子たちとは違うものが。公園でいきなり話しかけてくるような若い男を受け入れてくれるような女の子にはきっと、彼にだけわかる独特な雰囲気が、それとわかるようなしるしがあるはずだ。たしかにこれまで市中をガールハントしていたとき、何度かそう思えた女の子に出会ったこともある。だが、いざ近づいてみると、ガムをくちゃくちゃ嚙んでいたり、オレンジ色の口紅を塗りたくっていたりで、とたんに腹の底に違和感を覚え、声をかけることもなくそそくさと立ち去るのだった。

いつのまにか動物園に入っていた。彼はしばらくライオンの檻の前を行ったり来たりしていた。やがてカフェテリアに入ると、ミルクを注文し、それを持ってテラスのテーブル席に座り、プールのアザラシを眺めていた。しだいに腹の底がむずむずしてきた。それはいつもガールハントに出かけるたびに覚える感覚であり、彼は時間をかけてミルクを飲んだ。また腕時計に目を落とすと午後三時三十分だった。彼はもう一度腕時計に目をやらずにはいられなかった。もっと長い時間いるような気がしていた。煙草に火をつけ、根元まで吸い尽くしたが、まだ五分しか経っていなかった。

彼は金属製の椅子の上で落ち着きなく身じろぎした。そろそろ腰をあげて、また探索に出なければならない。だが、いったん立ち上がったら、そのまま公園を抜けて、ダウンタウン行きの列車に乗り込んでしまいそうな気がした。

額に指を走らせると、ぐっしょりと汗をかいていた。隣のテーブルにアイスティーを飲んでいる女性がいた。年齢は三十五歳くらいだろう。高級そうな服に身を包んでいる。女性が意味ありげな視線を彼に投げかけるのを見て、あわてて目を落とした。立ち上がって椅子を引いたひょうしに、金属製の脚がテラスの石をこすり、耳障りな音を立ててしまった。彼はそそくさとアザラシのプールがある広場に足を向けた。

ルーカスはフェンスを握りしめ、じっとアザラシを眺めていた。いっそすべてをあきらめるべきかどうかの決断が迫っているという思いが彼をひどく悩ませていた。

彼は今回の計画全体をあらかじめ考え抜き、論理的な決断にいたった。これまでも常に彼は決断を受け入れ、結果的にそれはすべてうまくいっていた。

まずはバーバラの問題からだ。彼女を愛することにはなんの問題もない――彼の論理には多くの矛盾があった――が、それは彼の当座の計画をいっそう複雑にするだけだった。とりあえずは当座の計画めざしてまっしぐらに進むしかない。バーバラのような女性にはまたあとで、もっと彼の人生が安定してからも出会うチャンスがあるだろう。それは彼の頭のなかの別の仕切りにおさめられており、今回のことのために振り替えるわけにはいかなかった。

自分のなすべきことができずにいるという経験は初めてであり、それは彼をひどく戸惑わせた。しだいに腹立たしくなってきた。彼はアザラシのプールから踵を返し、ライオンの檻の向こうにある出口めざしてひたすら歩いていった。

彼がミルクを飲んでいるときに、娘がひとりライオンの檻の前に折りたたみ式のキャンプスツールを置き、そこに座ってスケッチを始めていた。その娘がまだいるのを目の片隅でとらえると、彼女に歩み寄っていった。そして一瞥もくれることなく、ほとんど喧嘩腰にこういっていた。「ねえ、どこかで会ったことなかったかな？」

三

その娘は彼と同じ年ごろで、淡いまっすぐなブロンドの髪は頭にぴったりと張りつくようにカットされ、襟足に向かって先端が細くなっていた。頬骨は高く、その下にはくぼみがあり、鼻は薄く、大きなふくよかな唇の中央部分だけ口紅をつけていた。眉は太く、黒々としていて、アイブロウペンシルではなく、舞台用メイクで使うようなべっとりとした素材で描かれていた。平たいバレエシューズに、農民風ブラウス、派手なプリントのスカートを身につけていた。その茶色い瞳にはかすかな驚きが浮かんでいる。

メイクの下の素顔は想像もつかなかった。おそらくは平凡な顔立ちで、彼の好みからはかけ離れている。彼女の描いていたスケッチを見てもほとんど生彩というものが感じられなかった。たしかに雌ライオンの形はしているのだが、窓辺に飾られている縫いぐるみのように見えた。

彼は娘の外見とその才能のなさに、彼女がそこにいることに腹を立てた。「ごめん、勘違いだったみたいだ」そういって踵を返して歩き去ろうとした。

「いいえ、会ってると思うわ」と娘はいった。「わたしはイーディス・チェスターよ。あなたのお名前は?」

ルーカスは思わず足を止めた。彼女の声は驚くほど穏やかで、そのあまりにも冷静な受け答えに、自分が馬鹿に思えてきた。「ルーク」彼は答えた。そして肩をすくめてみせた。

「学生芸術家連盟でお会いしたのかしら?」彼女は訊ねた。

彼は首を横に振った。「いいや、違う」そこで言葉に詰まったが、彼女が何かいおうとして口を開きかけるのを見て慌てていった。「本当はきみに会ったことなんてないんだ。僕はただ——」彼はまた言葉に詰まり、ますます自分が愚かに思え、またしても腹立たしくなってきた。

驚いたことに娘は神経質な笑い声をあげた。「あら、そんなことどうでもいいのよ。別にわたしを取って食おうっていうわけじゃないでしょ?」

こちらの意図が見透かされているのは明らかだった。彼はスケッチ板に目をやってこういった。「あんまりライオンに似てないね」

娘はスケッチを見て答えた。「そうね、わたしもそう思う」

彼としては相手の機嫌を損ねることを期待していた——口論が始まれば、さっさとその場から立ち去ることができる。だが、彼はますます深みにはまりこんでいた。どうすればいいのかわからず途方にくれていた。「ねえ、これから映画を観にいくつもりだったんだけど、よかったら付き合わないか?」

「いいわよ」と彼女は答え、ルーカスはますます抜き差しならぬ深みにはまりこんだ。

「『エジプトの女王』を観にいくんだけれど」彼はいやしくもインテリを自覚する人間ならとうてい選ばないような映画をわざと選んだ。

「その映画まだ観てないの」彼女はいった。「それでいいわ」彼女は鉛筆をバッグにしまい、スケッチブックを小脇にはさみ、キャンプスツールを折りたたんだ。「学生連盟のビルにこれを置いてくるわ」彼女はいった。「悪いけれどスツールを持ってくださらない？　ほんの数ブロック先なの」

彼が無言でスツールを受け取ると、ふたりは連れ立って公園の出口に向かった。広場を通って、五番街側の出口に向かいながら、彼はカフェテリアのテラス席に目をやった。だが、隣のテーブルに座っていたお洒落な服装の女性の姿はすでになかった。

四

彼は学生連盟のビルの前で、煙草を吸いながら、娘が戻ってくるのを待っていた。自分でもどうすればいいのかわからなかった。

さっさと通りの角をまわり、そのままダウンタウン行きのバスに乗ってしまおうという思いが頭をかすめた。ポケットに突っ込んだ手はすでにバス代の二十五セント貨を探りあてていた。だが、いまや自分が引っかけたのが、あまり男に相手にされたことのない娘だということは明らかだった。もしこのまま知らん顔で置き去りにしたら、ひどく傷つけてしまうことになるだろう。それもこれも彼女のせいではない——彼女のせいだとよかったのに——彼にできるのはただこのままつきあうことだけだった。だから、こうしてポケットのなかでいらいらとコインを弾きながら、彼女が出てくるのを待っているのだ。

　彼は罪悪感に駆られていた。彼女はすぐ出てきて、ルーカスの姿を見たとたん、出会ってから初めての笑みを見せた。その笑みはがらりと彼女の印象を変えたが、それも彼がまだ待っていたことに安堵したところを見せてはいけないと彼女が思い直すまでだった。彼女は礼儀正しく目を伏せてこういった。「お待たせしたわね」

「いいや」そして彼はまた苛立ちを覚えた。彼女があまりにも素直すぎて、心の動きがたやすく読めてしまうことに腹が立った。彼が求めているのはもっと深みのある女性――もっと時間をかけてわかりあえ、その人格が徐々にわかってくるような、何度会っても興味が尽きない、どこかに未知なるものを秘めているような女性だった。だが、そうなる代わりに彼の前にいるのはイーディス・チェスターだった。

　そしてこれも彼女のせいではない。これは彼の責任であり、責められるべきは彼のほうだった。

「ねえ――」彼は声をかけた。「きみだってあんなインチキ臭いエジプトものなんて本当は観たくないんだろう?」彼はヨーロッパ映画専門の、質の高い映画を上映する高級な映画館が立ち並ぶ一角に頭を傾けてみせた。「あっちを観ることにしないか?」

「あなたの好きでいいわ」

　またしても彼女はやすやすと男に合わせようとしている。一瞬、やっぱりやめたといって彼女を試してみようという気になったが、代わりに口をついて出たのは「それじゃ、行こうか」という言葉だった。そういうなり彼は通りを渡り始めた。彼女も急いでついてきた——まるで彼が歩調を合わせて待っていることなど期待していないかのように。

彼がチケットを買うあいだイーディスはドアのそばで待っていた。映画の上映中も隣で静かに座っていた。ルーカスもまた彼女の手を握ることも、椅子の背に手を回したりすることもしなかった。そして映画のなかほどで突然、映画が終わったらどうするかをまったく考えていなかったことに気がついた。彼女を家まで送っていって、楽しかったよと暇乞いをするには早すぎるが、彼女を街中にひとり置き去りにするには遅すぎる——たとえどんなにうまいスマートな方法を思いついたとしても。いっそのこと失礼といって立ち上がり、そのまま劇場から出ていこうかとも思った。どんなに無作法で残酷だろうと、それが一番いいのかもしれない。だが、自分にはそんなことはできないとわかっていた。

なぜ、できない？　彼は自問する。自分はそれほど大した男なのか——若い女性を永遠に傷つけてしまうほどの価値がある？

そうじゃない。自分がなんであるかではなく、彼女がなんであるかという問題なんだ。たとえ自分がノートルダムのせむし男だったとしても、同じことになっていただろう。彼女をこの状況に追い込んだのは自分であり、自分のしたことで彼女が傷つきはしないか見届けるのはルーカスの義務だった。

だが、いったいこれから彼女をどう扱えばいいのか？　彼は残りの上映時間を、やたらに煙草をふかし、座席でいらいらと体を動かしていた。

ちょうど映画がふたりで入ってきたときのシーンにさしかかったところで、彼女は身を寄せて「もう出ましょうか?」とささやきかけた。一時間半ぶりに聞くその声は彼をびっくりさせた。それは初めて出会ったときと同じように穏やかだった。そのあとで起こったことをまったく感じさせないほど。彼女にしてみれば、ふたたび平静に戻るだけの時間が与えられたということなのだろう。「そうだね」外に出るのは気が進まなかった。そうなったらまたあの厄介な、避けがたい「これからどうすればいい?」という疑問に苦しめられることになる。だが、彼にはいまだに解答が思い浮かばなかった。とりあえず立ち上がり、ふたりで映画館を出ることにした。

入口の日除けの下に出たところで彼女がいった。「いい映画だったわね」

ルーカスは煙草の端をくわえ、ほとんどうわのそらで訊ねた。「もう帰らなくちゃならないの?」

彼女は首を横に振った。「いいえ、わたしはひとり住まいだから。でも、あなたはきっと何かこれから予定があるんでしょ? わたしはここでバスに乗ればいいから。映画に連れていってくれてありがとう」

「いいや——別にないよ」なんてこった、彼女はルーカスが逃げようとしていることに気がついているのだ。「まだ大丈夫なんだろ」そして今度はこれからふたりでどうするかを考えなければならなかった。「お腹は空いてない?」

「ええ、少し」

「よし、だったらどこかで軽く食べることにしよう」

「そこの角を曲がったところにいいデリカテッセンがあるわ」

「じゃ、そこにしよう」自分でもわからないまま、ルーカスは娘の手を取っていた。小さいが華奢ではない。彼女は驚いたようにも、ショックを受けたようにも見えなかった。いったいどんな魔がさしてそんなことをしたのだろうと自問しながら、彼は連れ立ってデリカテッセンに向かった。

店はまだ空いていたので、彼は娘を奥のボックス席に連れていった。向かい合わせに座り、ウェイターが注文を取った。ウェイターが行ってしまったとたん、ルーカスはここでふたりきりになったら、どんなことになるかをまったく考えていなかったことに気がついた。

ふたりは隔離されているも同然だった。彼の背後の高い仕切りが、ふたりを他の客たちから隔てていた。片側は壁になっており、向かい側はエアコンディショナーがでんと置かれ、かろうじて人が出入りできる程度のスペースしかなかった。ルーカスは料理が運ばれてくるまで向かい合って見つめ合うことしかできない状況に自分たちを追い込んでしまったのだ。

何を話せばいいのだろうか？　彼女のヘアスタイルと、爪に塗られたメタリックピンクのマニキュアを見ながら、彼女の話すことや好みで、多少でも自分に興味のもてそうな話題があるとはとても思えなかった。

「ニューヨークにはもう長いの？」

彼女はかぶりを振った。「いいえ」

そこで会話は終わりだった。

彼はいつのまにか煙草をどこかに投げ捨てていた。シャツのポケットから煙草を出すとパッケージを叩いて新しい一本を取り出した。火をつけながら、一刻も早くウェイターが料理を運んできてくれたらと思わずにはいられなかった。食べているあいだは食事に専念できる。彼は腕時計を盗み見た。まだ夕方の六時だった。

「あのう――わたしにも一本いただけないかしら？」彼女が訊ねた。ひどくおずおずとした声で、不安げな顔をしている。彼は文字どおり飛び上がった。

「なんだって？」彼はあたふたと煙草のパッケージを取り出した。「ああ――ごめん！　どうぞ、どうぞ。僕としたことが全然――」全然どうだというんだ？　彼女に煙草を吸ってもいいかすら聞かなかった。彼女が煙草を吸うかどうかも気にかけなかった。まるでペットの犬みたいに彼女を扱った。

彼はいたたまれない罪悪感にかられた。まったくなんてざまだ。

彼女が煙草を一本取り出すと、彼はそそくさと火をつけた。

娘は決まり悪げな笑みを浮かべていった。「ありがとう。わたしはコネチカット出身なの。ルーク、あなたは？」

彼女はルーカスにどう思われているかわかっているのだ。おそらく彼は全身からそれを匂わせていたに違いない。それでも彼女は何もいわなかった――どうして？――ルークが彼女の夢の男だから？

「ニュージャージーだよ」彼はいった。「実家は農場なんだ」

「一度農場に住んでみたいと思っていたのよ。今はここで働いているの？」

なぜなら彼女がニューヨークに来てから初めて話しかけたのがこの自分だったからだ。たいした男ではないが、彼女にとってはすべてなのだ。

「一時的にね。ビレッジのエスプレッソハウスで働いているんだ」

気がつけば話すつもりではないことまでしゃべろうとしていた。とにかくしゃべらなければ間がもたなかった。もはや事態は彼の計画とはまったく違う方向に進みつつあった。

「ビレッジへは一度か二度しか行ったことがないわ」彼女はいった。「きっと素敵なところなんでしょうね」

「まあね。来年になったら大学が始まるから、そうなったらあまり店も手伝えないだろうな」

「まあ——いったい何を勉強するつもりなの、ルーク？」

ぽつりぽつりと出てきた言葉はやがてよどみなく流れ始めた。ふたりは食べながらもしゃべり続けた。言葉は次々とほとばしり出てきた。彼は農場のことやハイスクール、さらにはエスプレッソハウスのことまでひたすらしゃべり続けた。

食事を済ませたふたりは散策に出かけた。セントラル・パーク・サウスに向かい、そこからアップタウンに折れるあいだも彼はひとりでしゃべり続けた。イーディスは脇に寄り添うように歩き、バレエシューズの底がアスファルトにぺたぺたと柔らかい音をたてた。

ようやく彼女を家に送る時間になった。彼女は西六十丁目のガス工場近くにある共同住宅の三階に住んでいた。階段をのぼり、彼女の部屋の前まで来たとたん、言葉が尽きた。

彼はしゃべり始めたときと同じくらい唐突に無言になった。そして彼女を見下ろして立ちつくしながら、いったいどんな魔がさしたのだろうと思わずにいられなかった。娘の髪の根元が黒いことに今さらながら気がついた。

「なんだか僕ひとりでしゃべってばかりだったね」彼は気まずい思いでそういった。

彼女はかぶりを振った。「いいえ、そんなことないわ。あなたはとても面白い人だし、全然わたしはかまわなかったわ。それに――」彼女はルーカスを見上げ、午後から夜までずっと保っていた見せかけの平静さをかなぐり捨てた。「誰か話しかけてくれる人がいてとてもうれしかった」

彼は何もいえなかった。ふたりは彼女の部屋の前で立ち尽くし、沈黙が落ちた。

「今日はとても楽しかったわ」しばらくしてから彼女が口を開いた。

違う、そんなはずはない、とルーカスはひとりごちた。きみにとっては惨めな時間だったはずだ。ライオンの檻の前で僕が声をかけたのは、きみにとって最悪の不運だった。そして僕はこの階段をおりたら最後、電話をかけることもなければ、二度と会うこともないだろう。そうして彼女をさらに悲しませることになる。最悪のへまを犯してしまった。「ねえ、電話はある？」彼は思わずそういっていた。

彼女はそそくさとうなずいた。「ええ、あるわ。番号を教えましょうか?」

「ここに書くよ」彼は財布から紙切れを、ポケットから鉛筆を取り出した。いわれた電話番号を書き留めると、財布と鉛筆を元に戻し、ふたりはまたしても手持ちぶさたで立ち尽くしていた。

「月曜日が休みなんだ」と彼はいった。「電話するよ」

「いいわ、ルーク」

ルーカスは彼女を見下ろしながら、やめろ、間違ってもこの娘にさよならのキスなんてするなと自分に言い聞かせていた。これはそんなものじゃない。まったく馬鹿げている。彼女はそんな相手じゃない。

「じゃあ、おやすみ、イーディス」

「おやすみなさい、ルーク」

彼は手を伸ばして彼女の肩に触れた。自分はさぞかし間抜けな表情を浮かべているのだろうと思いながら。イーディスも手をあげて彼の手に重ねた。それから彼は踵を返し、急いで階段をおりた。自分が馬鹿で、残酷で、間抜けな十八歳の若者以外の何者でもないことを痛いほど感じながら。

五

翌日出勤したルーカスは完全に混乱状態だった。どれほど考えてみても、昨日起こったことを理解するのは不可能だった。彼はぼうっとした頭のまま仕事をしていた。頭のなかがぐちゃぐちゃに乱れ、顔はほとんどどうつろだった。彼はバーバラと目が合うのを避け、会話をするのも避けていた。だが、ついに午後のなかば、彼はカウンターのうしろに追いつめられた。エスプレッソマシンとレジにはさまれ、空のカップを手に下げたまま、ルーカスはなすすべもなく立ちすくむばかりだった。

バーバラは陽気な笑みを彼に投げた。「ちょっと、テデスコったら。お金のことでも考えてるの？」その目元の皮膚が気がかりそうにこわばっていた。

「お金？」

「だって――誰かがそんなふうにぼうっとしているときって、たいていお金のことを考えてるのかって聞くのがふつうでしょ」

「いや、違うよ――とんでもない。そんなのじゃないんだ」

「きのういったい何があったの？　恋に落ちたとか？」

ルーカスは顔がかっと熱くなるのを感じた。あやうくカップを手から落としそうになった。まるで自分が自動機械か何かで、バーバラがそのボタンを押したみたいだった。その言葉に対する自分の反応に驚いていた。彼は口をぽかんと開け、完全に停止していた。

「あら、やだ」バーバラがいった。「もしかして図星だった？」

ルーカスはどう答えるべきか途方にくれていた。恋に落ちた？　違う、絶対に！「バーバラ、そういうんじゃないんだ……」

「じゃあ、なんだっていうのよ」バーバラの頬に赤い斑点が浮かびあがる。

「わからないんだ――ただ、誤解を解いておきたくて」

「いい、どんな関係だろうとわたしの知ったことじゃない。もしそれで悩んでいるならさっさとはっきりさせたほうがいいわ。わたしにだってしょっちゅう悩まされている彼氏がいるんだし」

彼女はそういいながら、自分が本音をいっていることに気がついた。たしかにトミーは素敵だし、面白い男性だった。ルーカスに対してはやましい気持ちもあった。なぜならいつか彼とデートする日を夢見たこともあったからだ。だが、そうはならなかった。人は誰しも人生からちょっとしたご褒美のようなチャンスを与えられることがある。だがいつもそれが思い通りになるとはかぎらない。

彼女はすでにルーカスとは数回のデートで終わらないだけの関係になる可能性を頭から締め出していた。きわめて現実的な考えの持ち主だったので、つまらない空想から得られるものは何もないと学んでいた。

「さあ、夕方のラッシュが始まるわよ」彼女はきっぱりと言い放った。カウンターの下から砂糖壺を取り出すと、自分の担当分の補充をするためにその場を離れた。彼女のヒールが木の床をかつかつと叩いて遠ざかっていく。

ルーカスはといえば、自分の考えを整理するだけで精いっぱいだった。何もかもがあまりに早く起こりすぎた。

彼は自分の受け持ちのテーブルを忙しく動きまわるバーバラの姿を眺め、彼女にとってはこのエピソードが完全に終わったことを悟った。

だが、彼にとってはそうでなかった。すべてはまだ始まったばかりだった。彼はそれを分析し、調べ、解体しなければならない。なぜこうなったのかについてあらゆる原因を検討する必要があった。つい昨日の朝まで、彼は確固たる明確な理由に裏づけられた、自分の取るべき行動をはっきりと自覚している人間だった。

だが、ほんのわずかのあいだにすべてが変わってしまった。なぜなのか、どうしてなのかを問うことなく、そのままにしておける人間がいるなんて彼には信じられなかった。

ところが今まさにバーバラはそれをしているのだ——疑問を抱くことも、調べることもせず、新たな状況をすんなりと受け入れようとしている。

そう考えてルーカスは顔をしかめた。これは考えるに値する興味深い問題だった。

それだけではなかった——とはいえルーカスはまだその一部にしか気がついていなかったが。イーディスに対して抱いたような思いを二度としたくなければ考えるべき重大な問題だった。

彼はカウンターのなかに立ちつくし、これまで出会ってきた人々のことを思い浮かべた。バーバラのような決断の早い人間ですら、常に目の前のできごとを受け入れている。多くの人々がそうならば、きっとそこには何らかの価値があるに違いない、ということに彼は思い当たった。考えてみればそれははるかに楽な生き方だった。時間を無駄にすることなく、感情のエネルギーの使い方ははるかに効率的であり、直接的でもある。

だとすれば自分の生活における人々への接し方はひどく非効率的で、根本的に間違っていたということになる。彼がイーディスとバーバラに対してこのような感情的迷路に入りこんでしまったのは無理もなかった。

ここで彼の思考は最初の問題に戻ってきた。自分はイーディスのことをどう思っているのか？それを置き去りにするわけにはいかなかった。自分は彼女の電話番号を聞いてしまっていた。彼女はルーカスからの連絡を待っているに違いない。夜じゅう電話が鳴るのを待っている彼女の姿が目に浮かんだ。彼には責任があった。

そしてバーバラ。たしかに彼女はタフな女性かもしれない。でも彼女の心をわずかながらも傷つけてしまったことには違いなかった。

そもそも今回の事態はどうして起こったのだろう？　たった一日で彼はすべてを台無しにしてしまった。それらを振り捨てて、新規まき直しをはかることはできる。だが、彼にそんな真似ができるだろうか？　このようなことを未解決のまま永遠に心の片隅に留めておくなどということが？

自分はとんでもないへまを犯してしまったのだ、と彼はあらためて思う。

これまで彼は自分を理解していると思っていた。自分の世界のなかでもっとも効率よくたちまわるために自分を形作ってきたと思っていた。それにのっとって計画をたて、そこにはひとつの瑕瑾《かきん》もないはずだった。だが、新たなよりよいルーカス・マルティーノとして生まれ変わるために、彼はふたたび学び直さなければならなくなった。

仕事に入る前に今一度、どうすればすべてを解き明かし、なおかつ変えることのできない物事を分析して時間を無駄にせずにすむかを考えようとした。だが、店のラッシュアワーが近づいていた。人々がぽつぽつと入り始めたのに、彼の受け持ちのテーブルはまだ客を迎える準備ができていなかった。

とりあえずはこのままにしておくしかない――だが、いつまでもというわけにはいかなかった。彼はいつか余裕のできたときにはそれを取り出し、じっくりと考えるために奥深くにしまいこんだ。それは永遠にそこにとどまり続け、変わることなく、解決されるのを待っていた。

六

彼は抜き差しならぬ状況にとらわれていた。やがて大学が始まった。そこでは自分に求められた正確な答えを出すことを、ただそれだけを学ばなければならなかった。彼はひたすら学び、マサチューセッツ工科大学の奨学金については問題なく得られそうな見通しがたった。だが、それには多大な集中が要求された。

イーディスとはたびたびデートしていた。彼女に誘いの電話をするたびに、今度こそ何か起こるのではないか――喧嘩をするか、駆け落ちするか、とにかくすべての問題を一挙に解決してくれるようなことが起こるのではないかと期待した。それゆえにふたりのデートはいつも気が休まらず、お互いに心底から打ちとけることはなかった。いつのまにかイーディスが髪の色を元のダークブラウンに戻そうと伸ばしていること、彼女が両親からの仕送りに頼るのをやめたことに彼は気がついていた。だが、それが何を意味するのかはわからなかった。彼女は十四丁目の店に仕事を見つけ、職場から近い、お湯の出ない安アパートに引っ越した。マルティーノも何度かそこを訪れた。だが、彼が問題の解決をはかろうとするたびに、また別の問題に足をとられてしまうのだった。彼はそのあいだで常に揺れ動いていた。彼とイーディスはめったにキスすらしなかった。寝たことは一度もなかった。

エスプレッソ・マッジョーレでは大学の勉強にさしつかえが出るまでは働いていた。バーバラとはあいかわらず時間の空いたときにはおしゃべりしていた。だが、ふたりは同じ職場で働く、互いの退屈をまぎらわせる存在に過ぎなくなっていた。会話の内容といえば、仕事のことや彼の勉学のこと、ANGが編成されたことでアメリカ人男性はオーストラリアの科学軍事施設に配置換えされる可能性がある、そうなったら彼女のフィアンセはどうなるのかといったことばかりだった。彼は二度と誰とも重要なことについて話し合うことはなかった。

一九六八年、彼はニューヨークを離れてボストンに移住した。一月から店で働くのをやめていたし、おじやバーバラとも連絡は途絶えた。イーディスとは親しく手紙を交わすほどの関係ではなかった。ふたりは数年にわたってクリスマスカードのやり取りをした。

ＭＩＴに入ってからはひたすら勉学に追われた。新入生の五十パーセントは卒業するのが難しいといわれ、落第しないためには寝る間も惜しむほど勉強しなければならなかった。ルーカスはめったにキャンパスから出ることはなかった。三年間学部生として学んだあとは修士号と博士号をめざして勉学を続けた。七年間彼は同じ隔絶された世界に暮らしていた。

修士号を取得するよりも前に、彼はすでにＫ88計画にいたる一連の理論の端緒をつかんでいた。博士号を取得すると同時に彼はアメリカ政府の研究プロジェクトの一員として加えられ、続く何年かは研究から研究へと追われ、実質的には大学のキャンパスにいるのと変わりはなかった。兵役は常に猶予されていた。Ｋ88計画のもたらす効果についての第一段階ともいえる論文を提出すると、ＡＮＧの同じような研究施設に転属になった。彼の実験結果がさらなる研究開発の価値ありと認められると、彼は専用のスタッフと研究室を与えられ、またしてもスケジュールや業務に追われ、隔離された生活が始まった。考える時間はたっぷりあったが、彼が成長できる世界はひとつしかなかった。

彼がまだＭＩＴにいたころ、イーディスから結婚通知が送られてきた。彼は心の底深く埋められた問題にその事実を加えた。たったひとつの変化はあったにせよ、それは彼の完璧な記憶のなかにしまいこまれた。二十年後にそれを初めて自由に考える時間ができるまで。

第九章

一

時刻は夜の八時になろうとしていた。ロジャーズはオフィスの受話器を置くと、フィンチリーに目をやった。「彼は八丁目と六番街の角のネディックスという店に立ち寄り、コーヒーとハンバーガーを注文した。だが、依然として誰かと話をするでもなく、どこに行くでもなく、泊まる場所を探している様子もない。ただひたすら歩きまわっている。目的もなく」

だが、少なくとも男は食事をすることができたのだ、とロジャーズはひとりごちた。彼とフィンチリーは何も食べていない。ふたりがじっと座って待っている一方で、男はコンクリートの舗道に足を一歩おろすごとに二百六十八ポンドもの体重を酷使した足にかけているのだ。いったい何のために歩き続けているのだろう？　なぜ立ち止まらない？　未明にヨーロッパを出発してから男はずっと起きて歩き続けている。

フィンチリーが頭を振った。「なんでこんなことをしているんだろう？　誰かを探していて――ひょっこり出会いはしないかと期待しているのか？」

ロジャーズはため息をついた。「あるいはそうやってわれわれをへたばらせようという魂胆なのかもしれない」彼は目の前に置いたマルティーノに関するレポートのページをめくり、数少ない名前のリストに指を走らせた。「マルティーノにはニューヨーク在住の親戚はひとりしかおらず、親しい友人はいない。彼に結婚通知を送った女性がひとりいる。ニューヨーク市立大学時代につきあっていたらしい。可能性があるとすればこの女性だな」

「つまりこの男がマルティーノだと認めるんだな」

「そんなことはいってない。げんに彼はその女性の住所に向かっている様子もない。彼女の住所は彼が歩き回っているエリアから五ブロックと離れていないのに。わたしとしては彼がマルティーノでないほうに賭けるね」

「だが、ふつう十五年前に結婚した昔のガールフレンドを訪ねたりするかね？」

「そういうこともあるだろうさ」

「だからといって、それが証明になるわけではない」

「話は堂々巡りというわけだ」

フィンチリーの唇がぴくりと動いた。その目にはなんの表情も浮かんではいない。「親戚についてはどうなんだ？」

「やつのおじか？」マルティーノはかつておじのコーヒーハウスで働いていた。今は理髪店になっている。そのおじは六十三歳のときに未亡人と結婚してカリフォルニアに移住し、十年前に亡くなった。だから親戚については解決済みだ。マルティーノには友人もいなかったし、それ以外の親戚もいない。社交的なタイプではなかったし、日記もつけてはいなかった。だからマルティーノのことはマルティーノにしかわからない」ロジャーズはそういいながら頭皮を揉《も》んだ。

「それでも」とフィンチリーはいう。「彼はまっすぐニューヨークに、まっすぐこのビレッジをめざしてやってきた。何か理由があるはずだ。だが、それが何であるにせよ、ただひたすら歩くことしかしていない。同じところをひたすらぐるぐる歩き回っている。どうにも結びつかないし、合点がいかない――これほどの知力の持ち主なのに」フィンチリーの声にはいらだちが混じっていた。ロジャーズは午後のいさかいを思い出し、さっと彼のほうを見た。ロジャーズはまだそのときの自分を恥じていたので、それを蒸し返す気にはなれなかった。

彼は受話器を取り上げた。「何か食べるものを持ってこさせよう」

二

六番街と西七丁目の角にあるドラッグストアはぎっしり商品を詰め込んだ棚のあいだに、かろうじて狭いうねりくねる通路が一本あるだけの小さな店だった。こうした小規模な商店の常として、この主人も棚と棚のあいだに作り付けの棚をわたすことを余儀なくされていた。それでも近くの大手チェーンストアに対抗するだけの商品をディスプレイするにはとうてい足りなかった。

薬のセールスマンたちは、客の目線にあたる自社のスペースにところせましと商品を積み上げ、店のいたるところに場所をかまわず宣伝カードを貼りつけていった。明かりといえば天井に一列になった蛍光灯があるだけで、カウンターのうしろの窮屈なスペースはいつも暗かった。商品がびっしりと壁をなす棚の一角にひとつだけ隙間があり、両側を化粧品の陳列棚にはさまれ、頭上をカミソリの棚に覆われた奥にレジスターがあり、店主がその前で新聞を読んでいた。

入口のドアが開閉する音に店主は顔を上げた。彼の目は自動的にいつも鏡代わりに使っているディスプレイケースの金属部分に向けられた。ケースの表面は傷だらけで少々曇っていた。そこには大柄な男のぼんやりとしたシルエットがうつっていたが、床板のきしみがすでに来客を知らせていた。店主は客の顔をもっとよく見るために、眼鏡のつるをずり上げた。新聞を片手にしたまま立ち上がると、カウンター越しに頭と肩を突き出した。

「何か御用で――」

男はその光る顔を店主に向けた。「すみませんが、電話帳をお借りしたいのですが」彼は穏やかな声で訊ねた。

店主は一瞬どうしたものか迷った。だが、いつも使っている言葉が口をついて出てきた。「それだったらあの奥だよ」そういって彼はふたつの商品棚の壁にはさまれた狭い空間を指さした。

「ありがとう」男は身を縮こめるようにしてなかに入ると、電話帳のページをめくる音がきこえてきた。やがて電話会社のメモ用紙を破り取るかすかな音がした。続いて鉛筆のキャップを外す音。最後に電話帳がスロットに戻されるどさっという音がして、男が姿をあらわした。男は紙片をおりたたむと胸のポケットに入れた。「ありがとう、助かりました」と彼はいった。「おやすみなさい」

「おやすみ」と店主も声をかける。

そして男は店を出ていった。店主はふたたび椅子に座ると、膝の上で新聞紙をたたんだ。なんとも奇妙な出来事だった。店主はぼんやりと新聞に目をやった。だが、あの男は自分の外見の奇妙さを気にしている様子はまったくなかった。なんの弁明もせず、ごくありきたりな質問をしただけだった。ここに来る客は二十回は同じことを訊ねていく。

だからとりたてて騒ぎたてるほどのことではないのだ――いや、まあ、そうではないのかもしれないが、あの金属の頭の男は気にしていないようだった。どう思うかはあの男の問題だ。

店主はそのことについて思いを巡らせ、家に帰ったら妻にもこのことを話してみようと思った。それでもとりたてて騒ぐほどのことではない。

すぐに彼の目は新聞の活字を追い始め、いつのまにか新聞を読んでいた。数分後にロジャーズの部下が入ってきたときも、彼は新聞に集中していた。

ロジャーズの部下はふたり一組のチームの片割れだった。彼の相棒はそのまま男のあとをつけていた。

彼はドラッグストア内を見回した。「誰かいませんか？」

店主の頭と肩が商品棚のあいだからぬっと突き出した。「いらっしゃい、何か御用で？」

安全保障局職員はポケットを探った。「チェスターフィールドをひと箱」

店主はうなずき、背後の棚からチェスターフィールドを取り出した。そして職員が置いた半ドル貨を受け取った。

「ねえ」職員はけげんそうな顔つきで訊ねる。「さっきここからブリキの仮面みたいなのをかぶった男が出てくるのを見たような気がするんだけど」

店主はうなずいた。「ああ、たしかにね。仮面にゃ見えなかったが」

「たまげたな。いや、たしかにそう見えたように思ったんだけど。ちょっと信じられないよね」

「でも、現実でさ」

職員は頭を振った。「まあ、あんたはそれこそここでいろんな人たちを見てきたんだろうしね。芝居の宣伝か何かの仮装だろうか？」

「あっしに訊かれても困りますね。でも別に看板だのビラだのは持ってないようでしたがね」

「ここで何を買っていったんだい？　金属磨きとか？」彼はにやりとしてみせた。

「電話帳を調べてただけでさあ。電話をかけもしなかったし」店主は頭をかいた。「たぶん住所でも探してたんでしょう」

「へええ、いったい誰を訪ねようっていうのやら。さてと」職員は肩をすくめた。「ここにはずいぶんとおかしな連中も来るんだろう？」
「さあね」店主はいささかむっとした様子で答えた。「ここだけでなく、この街にゃどこにだって
おかしな連中はいますよ」
「たしかに、それはいえてる。電話といえば――ちょうど彼女に電話しようかと思ってたんだ。ど
こにあるの？」
「あの奥でさあ」店主が指さした。
「オーケイ、ありがとう」職員はふたつの陳列棚にはさまれた狭い空間に分け入り、何冊もの電話
帳が並んだスタンドを渋い顔で見つめた。メモ帳の一番上の紙を破り取り、書いた痕跡が残っては
いないかと目を凝らしてみたが、何も得るところはなかった。紙片をポケットに滑りこませると、
電話帳に目をやった――マンハッタン地区の職業別電話帳を入れて全部で六冊――彼はやれやれと
いいたげに首を振った。それから電話ブースに入ると、コインを投入し、ロジャーズのオフィスの
電話番号をまわした。

三

ロジャーズの机の時計は九時数分過ぎをさしていた。あいかわらず机に座ったままで、フィンチ
リーもまたその脇の椅子に待機していた。

ロジャーズは疲労を感じていた。もう二十二時間近くも起きている。フィンチリーやあの男も同じだということはなんの慰めにもならなかった。

疲れが蓄積しているのだ、と思う。毎日毎日ろくな睡眠時間も取れず、一日じゅう気を張っている。本来だったらもうとっくにベッドに入っているべきなのだ。

だが、フィンチリーもずっと彼につきあっている。そしてふたりが追っているあの男はもっと疲労困憊しているだろう。多少の睡眠くらい、あの男が失ったものに比べればなんとちっぽけなことか。ロジャーズは胃のむかつきを覚えていた。眼球は燃えるように痛み、頭は疲労で痺《しび》れていた。口のなかには不快な味があった。それでも自分がここまで任務に執着しているのは、フィンチリーのほうが若くてまだ頑張りがきくからなのか。それともあの金属の顔をもつ男が今なお青春の幻影を求めて街じゅうをさまよっているからなのか。たぶん後者のせいだ、と思うことにした。

「こんな時間までつきあわせてすまない、フィンチ」彼はいった。

フィンチリーは肩をすくめてみせた。「それが仕事だからな」彼は夕食の残りのデニッシュをつまみあげると、とっくに冷めている残り半分のコーヒーをかきまぜて飲んだ。「正直いって毎晩これが続かないことを祈るね。だが、やつはいったい何をしているんだろう」

ロジャーズはデスクの吸い取り紙器を指先で前後に押してもてあそんでいた。「もう少ししたら次の報告が入ってくるはずだ。そろそろ何か動きを見せるかもしれん」

「公園で野宿するかもしれないぞ」

「そんなことをしたら市警が連れていくよ」

「そのことなんだが、もしやつが民事犯罪か何かで逮捕されたらどうなるんだ?」

「それもまた厄介なケースだ」ロジャーズは疲労でぼうっとする頭を力無く振った。「行政長官と連絡を取り、行政レベルの協力は取りつけてある。だが、すべてのパトロール警官に彼を見逃すように指令を送ったところで効果は疑問だ。聞き流す者も出るだろう。パトロール中の警官が金属頭の男を見つけたら、すぐに管区に通報することになっている。管区の署長は男を泳がすようにという指令を受けている。だが、もしパトロール警官が管区に通報する前に、浮浪罪で引っ張ってこようものなら事態はまずいことになる。すぐに釈放はされるだろうが、どこかに記録が残るだろう。そして数年後に誰かが本を書こうと取材する途中で、その記録を見つけるようなことになったら万事休すだ。いつまでもマスコミに伏せておくわけにはいかない」ロジャーズはため息をついた。

「せめてそれが今から数年後であることを願うよ」彼はデスクに目を落とした。「まったくもってお手上げさ。この世の中は顔のない男を含めるようにはできていない」

そのとおりだ、と彼はひとりごちた。ただ生きているだけで、あの男は最初からおれをつまずかせたのだ。見るがいい——安全保障局も全ANGも身動きが取れなくなっている。それというのも単に彼を射殺し、排除するだけではすまないからだ。答えを求めて堂々巡りをくり返している。そして当の男はまだ何もしていないのだ。

ロジャーズの頭になぜかエマーソンの格言が思い浮かんだ。「罪を犯せば世間は狭くなる」彼は唸り声をあげた。

そのとき電話が鳴った。

ロジャーズは受話器を取り上げて電話に出た。

「わかった」彼はいった。「きみは相棒のところにもどってくれ。人をやってその紙片を回収させるようにする。対象の男がどこかに向かう気配があったらすぐに電話をくれ」彼は電話を切った。

「男がついに行動を起こした」彼はフィンチリーに説明した。「電話帳で住所を調べていたそうだ」

「どこなのか見当はつくか？」

「それについてはまだ……」ロジャーズはマルティーノのレポートをめくり始めた。

「あの女性だ」フィンチリーがいった。「彼が昔つきあっていた」

「かもしれない。もし彼女がなんらかの便宜をはかってくれるほどまだ親しいのなら。だが、どうして住所を調べる必要があったのだろう？　結婚通知を出したときと変わっていないのに」

「十五年前の話なんだぜ、ショーン。とうに忘れちまっているさ」

「もしくはまったく知らなかったかだ」それに男が書き写した住所に行くという保証はないのだ。何らかの将来の目的のために探していたとも考えられる。運を天にまかせるわけにはいかない。あらゆる可能性を考えなければならないだろう。電話帳も調べる必要がある――指紋の脂《あぶら》、汗の跡、鉛筆の痕跡、もしくはなんらかの――。

ニューヨークシティ六冊分の電話帳か。いったいどれほどのページになるのか想像もつかない。

だが、それを一ページ一ページつぶさに調べていかなければならないのだ。

「フィンチ、きみの部下にニューヨークシティの電話帳ひと揃いを用意してほしい。使い古されたやつがいい。そいつをドラッグストアのひと揃いと交換して、きみのところの試験所でチェックしてほしい。今すぐに手配してくれ」

フィンチリーは電話に手を伸ばした。

四

疲れた様子の旅行者がひとり、ボール紙製のスーツケースを引きずるようにして六番街と西七丁目のドラッグストアにやってきた。

「電話をかけたいんだけど」と彼は店主にいった。「どこにある？」

店主が場所を教えると、若者はふたつの陳列棚のあいだにスーツケースを苦労しながら押し込んだ。電話をかけにいく途中でスーツケースをぶつけ、あちこちに方向を変える音がして、レジの奥の店主をはらはらさせた。

若者が立ち去ると、元からあった電話帳はただちにＦＢＩの試験所に送られた。先に送られたメモの紙片からは何の結果も得られなかった。

まずはマンハッタン地区の電話帳がもっとも可能性が高いということで調べられた。技術者たちは一ページずつ精査したわけではなかった。彼らのもとには加入者の住所ごとに電話番号をリストアップしたものがあり、そこからドラッグストアを中心に正方形の探索パターンが作り上げられた。さらにIBMのコンピュータによって近接する加入者の住所がアルファベット順に配列され、それをもとに技術者たちはドラッグストアから運んできた電話帳を調べ始めた。可能性の低い番号欄はあらかじめ飛ばされた。

ロジャーズはあらかじめ技術者たちにイーディス・チェスターの名前を知らせなかった。かえってそれが妨げになると考えたからだ。結果が出るころには、男はもうその住所についているだろう。彼が向かっているのがそこだとすればの話だが。それに男が調べていた住所がひとつだけだったとは限らない。六冊全部の電話帳すべてが照合されることになるだろうが、おそらく何の結果も得られないだろう。それでもチェックは行われなければならないし、これから先どれほどのチェックが必要になるのか誰にもわからなかった。

「罪を犯せば世間は狭くなる」

五

イーディス・チェスター・ヘイズはサリバン・ストリートに面した建物の裏側の二階に住んでいた。八十年間にもわたる煤《すす》がレンガというレンガにしみつき、工場から出る煙がペンキをぼろぼろに剝がしていた。通りに面して狭い戸口があり、薄暗い黄色の裸電球が玄関を照らしている。一階の窓の横にはでこぼこになった金属製のゴミ容器が置かれている。

ロジャーズはＦＢＩの特別車のシートからその光景を眺めていた。「この手の地区は取り壊しになると聞いていたが」と彼はいった。

「ああ、そうさ」フィンチリーが答える。「だが、立ち退きになる前に、ほかの場所が先に老朽化しちまうんだ」その声はまるで別のことに気を取られているかのようで、自分のいっていることもほとんど気にとめていない様子だった。後部座席に身をかがめ、ゆっくりと顔の片側を撫でている。

男を追っていたＡＮＧチームのひとりがやってきて、ロジャーズの窓越しに顔を寄せたときもほとんどうわのそらだった。「対象者は現在二階の踊り場にいます、ミスター・ロジャーズ」と男はいった。「われわれがここに着いてからもう十五分ほどその場所にいます。まだ誰のドアも叩いてはいません。ただ壁に寄りかかって立っているだけです」

「玄関のベルも鳴らさずに？」ロジャーズは訊ねた。「いったいやつはどうやってなかに入ったんだ？」

「こんな場所では玄関ドアに鍵をかけたりはしません、ミスター・ロジャーズ。誰でも入ろうと思えばなかに入れるんです」

「なるほど。彼はあとどれくらいそこにいるのだろう？　住人の誰かと出くわしてやつの姿を見ないともかぎらない。そんなことになったらひと騒ぎ起きるぞ。そもそも何が目的でそんなふうに廊下に突っ立っているんだ？」

「こちらにもわかりません、ミスター・ロジャーズ。彼の一日の行動はまったくもって不可解です。でも、もう少ししたら何かが動きだすと思いますよ。それが階段をおりてまた歩きまわるだけのことだけだとしても」

ロジャーズは座席越しに身を乗り出し、ヘッドホンをつけて小さな受信機の前に陣取るＦＢＩ技術者の肩を叩いた。「どんな様子だ？」

技術者はヘッドホンの片側をずらして答えた。「今のところ聞こえているのは男の息遣いだけです。それと時おり足を床にこすりつけるような音が」

「やつが動いたら追跡できるか？」

「狭い廊下にいるか、室内の壁近くにいてくれれば可能です。この感応性マイクロホンは非常に性能が優れているので。今は一階と二階のあいだの階段の垂直部分につけてありますが、もし彼がアパートの内部に入ればその後を追うこともできます」

「彼に気づかれるようなことは？」

「動いている最中に男の視界に入らないかぎりは大丈夫でしょう。マイク側に顔を向けたときは、声のボリュームの変化でわかります。紙マッチのような形状をしており、接地面の粘着性プラチックによって這うように移動します。音をたてることもなく、ワイヤーは髪の毛一本ほどの太さしかありません。これまでこの手の機器でトラブルが起こったことはありません」

「わかった。何か変わった動きが――」

「動き出しました」技術者がスイッチを入れ、ロジャーズは廊下のたわんだ床板を踏む重い足音を聞いた。男はそっとドアをノックした。まるで木の表面に拳をあてるかあてないかのようなかすかな音だった。

「もう少し近づけてみます」技術者はいった。ふたりの耳にマイクロホンがゆっくりと階段をずり上がっていく音がきこえた。突然、スピーカーから男の激しい息遣いが聞こえてきた。

「何をそんなに動揺しているんだろう？」ロジャーズは疑問を口にした。

男がまたしてもためらいがちにノックする音が聞こえてきた。足を不安げに動かしている。

誰かがドアに近づいてくる足音がした。ドアが開き、はっと息を呑む音が聞こえた。息を呑んだのが男のほうなのか、相手なのかは識別できなかった。

「はい？」それは仰天した女性の声だった。

「イーディス？」男の声は低く、うろたえていた。

フィンチリーが突然活気を取り戻した。「そういうことか――それで説明がつく。勇気を奮い起こすために まる一日をかけていたんだ」

「なんのために？　さっぱり意味がわからない」ロジャーズは唸り声をあげた。

「ええ、イーディス・ヘイズですが」女性は不審そうな声で答える。

「イーディス――ルークだよ。ルーカス・マルティーノだ」

「ルークですって！」

「僕は事故にあったんだ。ほんの数週間前にやっと退院したばかりで。仕事からはリタイアした」

ロジャーズは唸り声をあげた。「なかなかうまくまとめてるじゃないか」

「どう切り出すか一日じゅうそれだけを考えていたんだよ」フィンチリーがいった。「やつに何を期待しているんだ？　人の家の戸口に立って二十年間の出来事を洗いざらい話し始めるとでも？」

「考えられないことじゃない」

「なあ、ショーン、これがマルティーノでないとしたらどうやって彼女のことがわかるんだ？」

「アザーリンならそれだけのことを引き出す方法を山ほど知っているはずだ」

「あり得ないね」

「あり得ないことなんて何ひとつないんだ。たったひとつの細胞からマルティーノを作り出すことだって決して不可能じゃない。アザーリンというのはそれができるやつなのさ」

「イーディス――」男の声がいった。「少しお邪魔してもいいだろうか？」

女性は一瞬ためらったが、すぐにこういった。「ええ、どうぞ」

男はため息をついた。「ありがとう」

男がなかに入り、ドアが閉まる音がした。ＦＢＩの技術者はマイクロホンをさらに移動させ、ドアの羽目板にぴったり押しつけた。

「おかけになって、ルーク」

「ありがとう」ふたりはしばらく無言で座っていた。「ずいぶんと居心地のよさそうな部屋だね、イーディス。いろいろと住みやすくなるように手が入れてある」

「サムが――わたしの夫がこうした手仕事が好きで」女性はぎこちない口調で答える。「全部自分でやったのよ。ずいぶんと時間をかけていたわ。もう亡くなったけれど。仕事中にビルから転落したの」

またしても会話がとぎれた。男が口を開く。「大学を出てからずっと音沙汰なしで申し訳なかった」

「あなたとサムはきっと気が合ったと思うわ。あなたと彼はよく似ているの。きっちりしたところが」

「きみにそんなところを見せていたなんて知らなかった」

「わたしにはわかっていたわ」

男は落ち着かなげに咳払いした。「きみはとても元気そうだね、イーディス？　暮らしはどう？」

「大丈夫よ。働いているし。スーザンはわたしが夜迎えにいくまで学校のお友達のところで預かってもらっているの」

「子供がいるとは思わなかった」

「今十一歳なの。とても賢くてわたしの自慢よ」

「今はもう寝てるの？」

「ええ、もうとっくに就寝時間を過ぎているもの」

「こんな遅い時間に来て申しわけない。できるだけ小さな声で話すようにするよ」

「そんなつもりでいったわけじゃないのよ、ルーク」

「わかってる。でも、もう本当に遅い時間だ。すぐに失礼するよ」

「そんなに急がなくていいわ。わたしはいつも寝《やす》むのは十二時過ぎだし」

「でも、まだいろいろとやることがあるだろう――服のアイロンがけとか、スーザンのお弁当作りとか」

「そんなものたいして時間は取らないわ。ルーク――」女性はここにきてだいぶ落ち着いたようだった。「わたしたちいつも腫物《はれもの》にさわるみたいにお互い気を遣ってばかりいたわね。昔の習慣はもうやめましょうよ」

「すまない、イーディス。きみのいうとおりだ。だけど――僕はきみに電話をかけて会いにいっていいかと訊くことすらできなかった。そうしようとはしたんだが、きみに拒絶されるんじゃないかと思って。今日だってここに来る決心をするまで一日じゅうかかった」男の口調はなおもぎこちなかった。それに聞こえてくるかぎりでは、まだコートすら脱いではいなかった。

「いったいどうして、ルーク?」

「何と説明すればいいのか――彼らの――その、病院にいたとき、僕たちのことについてずっと考えていた。恋人としてではなく――人間同士――友人としてという意味で。僕たちは最後までほとんどお互いのことを知らなかった。少なくとも僕はきみのことをまったく知らなかった。僕は自分のするべきこと、したいことだけにしか頭がいかなかった。きみのことを真剣に考えようとしたこともなかった。僕にとってきみは『課題』であり、人間として考えてはいなかった。今晩ここに来たのは、そのことをきみに謝りたかったからだ」

「ルーク——」女性は何かいいかけてやめた。彼女が身じろぎして椅子がきしむ音がした。「コーヒーでもいかが？」

「きみを当惑させているのはわかっている、イーディス。もっとうまく謝りたかったんだが。でも、僕にはあまり時間がない。それにこんな姿でやってきて驚くなというのが無理な話だ」

「そんなことはどうでもいいのよ」女性は急いでいった。「それにあなたがどんな姿をしていようと、あなたであるとわかればいいのよ。コーヒーはいかが？」

男の声は「いただくよ、イーディス。ありがとう。僕たちはまだ他人行儀から抜け出せないようだね」

「どうしてそんなことを——いいえ、あなたのいうとおりよ。わたしも必死にそうじゃないと思い込もうとしているけれど、自分をごまかすことはできないわ。お湯をわかしてくるわね」女性の乱れた足音がそそくさと遠ざかっていく音がした。

男は腰をおろしたまままため息をついた。

「さて、今のを聞いてどう思った？」フィンチリーが詰め寄る。「秘密諜報員X8号がジュネーブをぶっ飛ばす計画を企んでいるとでも？」

「まるで高校生のせりふを聞いているみたいだな」ロジャーズが答える。

「彼はこれまでの人生をずっと壁のなかに閉じこもって過ごしてきたんだ。こういった連中はみな同じさ。腐ったオレンジの皮を剝くように世界を切り裂く方法を知っているかもしれないが、精神的成長は十六歳で止まっちまうのさ」

「われわれは科学者たちを扱うルールを作るためにここにいるわけじゃない。この男がルーカス・マルティーノかどうかを確かめるためにいるんだ」

「だったらもう確かめられたじゃないか」

「たしかに確かめられたかもしれない——だが、それは頭のいい人間ならいくつかの特定な情報を与えられ、この手の人間がどういう連中であるかを知り尽くし、適当にそれらしいことを口にすれば、二十年も会っていない女性を簡単に騙せるということでしかない」

「まるで負けがわかっていながら、最後までしがみつこうとする人間の言い草に聞こえるぞ」

「ほっといてくれ」

「もしこれがマルティーノでないとしたら、なんのためにこんなことをしているんだ？」

「泊まる場所の確保と、潜伏活動をするあいだに手足となって働いてくれる人物を求めて。いわば作戦本部を作るためさ」

「おい、あきらめが悪いぞ」

「フィンチ、わたしは自分よりはるかに頭の切れる人間を相手にしているんだ」

「もしかしたらはるかに感情的に豊かな人間をね」

「どういうことだ？」

「いや、口がすべった。すまない、ショーン」

キッチンから戻ってくる女性の足音がした。彼女は落ち着きを取り戻すためにそのあいだの時間を使っていたようだった。口を開いたその声は前よりもしっかりしていた。

「ルーカス、あなたは今日ニューヨークに来たのね？」

「そうだ」

「そしてまっさきにここへ来ることを考えたというわけね。それはなぜ？」

「自分でもよくわからないんだ」男は答えたが、できれば彼女の問いに答えたくないような口ぶりだった。「前にもいったように、僕はきみとのことをずっと考え続けてきた。まるで強迫観念のように。だが、やっぱり来ないほうがよかったのかもしれない」

「どうして？　今ではニューヨークの知り合いといったらわたししかいないんでしょう？　あなたはひどく傷ついて、話し相手を求めていた。だからここに来たんでしょう。それのどこが間違っているというの？」

「わからないんだ」男の声はひどくこころもとなかった。「彼らはきみのことを調べ始めるだろう。きみの過去を洗いざらいむきだしにして、僕との関係をほじくり返す。きみがいやな思いをするようなことにならなければいいのだが――彼らがきみを傷つけるような過去を探り当てるかもしれないとわかっていたら、こんなことはしなかった。それについてはさんざん考えてみたんだ。それでも僕はここへ来ずにはいられなかった。そんなことはもっと大事なことに比べれば重要なことではないように思えた」

「大事なことって何なの、ルーカス？」

「わからない」

「わたしがあなたを嫌うんじゃないかと恐れていたの？　でも、なぜ？　あなたがそんな姿をしているから？」

「違う！　きみがそんな人間だなんて考えたこともない。きみは僕のことをぶしつけに見ることも、どうしたのかと訊くこともなかった。きみがそういう人じゃないってことはわかっていた」

「それなら――」女性の声はやさしく穏やかで、何事も彼女の心をかき乱すことはないかのようだった。「昔わたしの心を傷つけたからあなたを憎んでいるだろうと思ったの？」

男は答えない。

「わたしはあなたを愛していたわ」女性は続ける。「あなたがそう思っていたのだとしたら、そのとおりよ。そしてそこから何も生まれないとわかったとき、あなたはわたしを傷つけたのよ」

車のなかでロジャーズは気まずさに苦い表情を浮かべていた。するとＦＢＩの技術者が振り向いた。「こんなことでうろたえる必要はありませんよ、ミスター・ロジャーズ」と彼はいった。「われわれは、この手のことならしょっちゅう聞かされています。そりゃ、はじめのころは動揺しましたがね。でも、じきに人々はこの手の話を聞かれても恥じる必要はないんだと思うようになりました。だって素直で正直じゃないですか。世界じゅうどこでだって人々はこんなことをいってるんですよ。彼らだってふたりでしゃべっているときは別に恥じてはいないんです。だからこちらも聞いていて恥ずかしく思う必要はないんですよ」

「わかった」フィンチリーが答える。「われわれはおとなしく口をつぐんで聞くだけ、ということだな」

「いや、別にかまいませんよ、ミスター・フィンチリー」技術者は答える。「すべてテープに録音されていますからね。いつでもプレイバックすることができます」彼はそういって受信装置のほうに向きなおった。「ところであの男はまだ答えていないようですね。そのことについて考えているんでしょう」

「すまなかった、イーディス」

「あなたはもう謝っているわ、ルーカス」女性が立ち上がったひょうしに、椅子が床をこする音がした。「あなたにいつまでも罪悪感を抱えていてほしくないし、そんな思いをさせるつもりはないわ。あなたを嫌ってなんかいない——一度だって。あなたを愛していたんだもの。わたしは初めて心がわくわくするような人に出会ったのよ。サムに出会ったときもそうだった」

「そんなふうに思ってくれているのなら、本当によかった、イーディス」

女性の声には悲しげな笑いが含まれていた。「いつもそう思っていたわけじゃないのよ。でも二十年間といえば考える時間はたくさんあるわ」

「ああ、そうだね」

「不思議ね。頭のなかで何度も何度も過去をくり返していると、そのときに何が足りなかったのかも見え始めるのよ——もしあのとき違う言葉をいっていたら、必要なチャンスをいかせていたらきっとすべてが違っていたんじゃないかと」

「そうだね」

「もちろん、本当はありもしなかったことまで見ていることもあるかもしれない。自分の記憶をそうであってほしい姿に無理やり合致させてしまうこともあるでしょう。それがただの夢想だったかどうかもわからなくなってしまう」

「そうだね」

「記憶ってそういうものなのよ。そこではすべてが完全になるの。記憶のなかにいる人たちはみんなあなたの大好きだった人たちばかりになり、歳を取ることもなければ——変わることもない。二十年の空白があろうと、その人の見分けがつかなくなることもないわ。記憶のなかにある人たちは、常にあなたがそうであってほしいと願うとおりの人たちで、いつだって彼らのところに戻って、終わったところからやり直すこともできる。でも、あなたはもうどこに間違いがあったのか、どうすればよかったのかがわかっている。記憶のなかにある友人ほど素晴らしい友人はいないし、記憶のなかにある愛ほど素晴らしいものもないわ」

「ああ」

「だから――キッチンのお湯がわいたわ。コーヒーを入れてくるわね」

「うん」

「あなたまだコートも脱いでいないのね、ルーカス」

「今脱ぐよ」

「すぐに戻ってくるわね」

ロジャーズはフィンチリーを振り返った。「彼女はいったいなんの話をしようとしているんだろう？」

フィンチリーは首を横に振るばかりだった。

女性がキッチンから戻ってくる気配がした。カップの縁が触れ合うカチカチという音がした。

「あなたはお砂糖もクリームもなしだったわよね、ルーカス」

男はためらってからいった。「覚えてくれていてありがたいが、実は――もうブラックでは飲めないんだ。申しわけない」

「何を謝るの？　好みが変わったことを？　さあ、カップをよこして――お好みどおりにするわ」

「クリームをほんの少し、それから砂糖はスプーン二杯いれてもらえるとありがたい」

フィンチリーが訊ねる。「マルティーノの最近のコーヒーの好みがわかるか？」

「すぐに調べさせる」ロジャーズが答える。

「そいつを確かめてもらわなくちゃな」

女性が男のコーヒーを手に戻ってきた。「これでお気に召すといいんだけど、ルーカス」

「ありがとう。その――僕が飲むところを見てあんまりびっくりしないでほしいんだが」

「そう？　わたしには昔のあなたの姿がありありと思い出せるのに？」

ふたりはしばらく何も語らなかった。しばらくしてから女性が口を開いた。「少しは気分が楽になった？」

「えっ？」

「あなたはここに来てから緊張しっぱなしなんだもの。まるで動物園で初めてわたしに声をかけてきたときみたいに」

「なぜかこうなってしまうんだよ、イーディス」

「わかってるわ。あなたは何かを求めてここに来たのに、それを言葉で表現することすらできないのね。あなたはいつもそうだったわ、ルーク」

「自分でもそれがわかってきたよ」男はこわばった笑いをあげた。

「笑うことで少しは楽になって、ルーク？」

男の声がまた暗くなった。「どうかな」

「ルーク、あなたが終わったところからやり直したいのなら、わたしはかまわないわよ」

「イーディス？」

「ふたりの交際をまた始めたいというのなら」

男はしばらく死んだように静かだった。やがて立ち上がったひょうしに椅子のスプリングが大きくきしんだ。「イーディス、僕をよく見てくれ。それに、おそらく僕が死ぬまで追いかけてくる男たちのことを考えるんだ。やがて僕は死ぬ。そんなにすぐではないだろうが、お互いをもっとも必要としあうときにきみをひとりぼっちにしてしまう。僕は働くことができない。きみに一緒に来てもらうことすら頼めない。僕にはそんなことはできないよ、イーディス。僕が来たのはそんなことのためじゃない」

「あなたが病床で考えていたのはそのことじゃなかったの？　どう考えても無理だとわかっていながら、それでもまだ望みを捨てられなかったんじゃないの？」

「イーディス――」

「たしかに最初に出会ったときは何も生まれなかったかもしれない。わたしはサムに出会って、彼を愛し、彼の奥さんになれて幸せだったわ。でも、それは別のときの話だわ。そしてわたしもまだあなたのことを覚えている」

車のなかではフィンチリーが荒っぽい応援をつぶやいていた。「いいぞ、やれ。へまをするんじゃないぞ。しくじるなよ。チャンスを逃すな」それからロジャーズが見ているのに気がつき、口をつぐんだ。

アパートの室内では男の緊張が一気に爆発して喉からほとばしった。

「僕にはそんなことはできない！」

「できるわ。わたしがそう望めば」女性がやさしくいった。

男はまたしてもため息をつき、ロジャーズにはその姿が目に浮かんだ――まっすぐな、こわばった肩が緊張を解き、丸めた指から力が抜ける。その場に立ちつくして、握りしめていた拳をゆるめる。マルティーノであろうとなかろうと、裏切り者だろうとスパイだろうと、男はようやく安息の地を勝ち取った――あるいは見いだしたのだ。

そのときアパートの室内でドアが開く音がした。そして子供の眠たそうな声が。「ママ――目が覚めちゃった。誰か男の人がしゃべる声が聞こえたの。ママ――そこにいるのは何？」

女性は息を呑んだ。「こちらはルークさんよ、スーザン」彼女は急いで説明した。「ママの古いお友達で、こちらに戻ってらしたばかりなのよ。朝になったらあなたにいうつもりだったんだけど」

彼女は急ぎ足で部屋を横切り、その声が低くなった。まるで子供を抱き締めながらなだめているかのように。だが、その口調はあいかわらず早口だった。「ルーカスはとてもいい人なのよ。ひどい事故にあってしまったんですって。お医者様は彼の命を救うためにあんなふうにしなくちゃならなかったの。でも、気にすることないのよ」

「まだそこに立ってるわ、ママ！　あたしのこと見てる！」

男は喉の奥で音をたてた。

「怖がらなくても大丈夫だよ、スーザン。何もしやしないからね。本当だよ」子供に向かってぎこちなく歩いていく彼の重みで床がどしんどしんと音をたてる。「ねえ、僕はいろんな面白いことができるんだよ。僕が目をぱちぱちさせるところを見てごらん。目の色が変わるんだ。ね、面白いだろ？」男は荒い息遣いをしていた。それはマイクロホンを通して、たえまない不気味なノイズにしか聞こえなかった。「もう怖くはないだろ？」

「いやよ、いやよ。おじさん怖いわ。こっちに近づかないで。ママ、ママ、お願いだから来させないで！」

「でも、彼はとてもいい人なのよ、スーザン。あなたとお友達になりたいんですって」

「ほかにもいろんなことができるんだよ。ほらね、手首がぐるぐる回せるんだ。面白い仕掛けだろう？　目をつぶったところも見てほしいな」男の声はせっぱつまり、陽気さを装いながら震えていた。

「いやよ、あなたなんて嫌い！　大っ嫌い！　いい人ならどうして笑ってないの？」

男がうしろに一歩下がる音がした。

女性はぎこちない口調でいった。「おじさんは心のなかで笑ってるのよ」だが、男はこういっていた。「僕は――僕は出ていったほうがよさそうだね、イーディス。これ以上いても娘さんを怖がらせるだけだ」

「ルーク、待って――」

「また日をあらためて来るよ。電話する」男がドアの掛け金をガチャガチャいわせる音がした。

「ルーク――あなたコートを忘れてるわ。娘にはわたしから話しておくわ。ちゃんと説明するから。あの子はまだ目を覚ましたばかりなの――きっと悪い夢を見ていたんだわ……」彼女の声が小さくなっていく。

「わかってる」男はドアを開け、FBIの技術者はあやういところでマイクロホンを引っ込めた。

「また来てくれるわね？」

「もちろんだよ、イーディス」男はためらった。「また連絡するから」

「ルーク――」

男の姿があらわれたかと思うと、階段を駆け下り始めた。その足音はすさまじい響きをたて、マイクロホンを無視して通りすぎると、しだいに小さくなっていった。ロジャーズは急いで車から合図を送ると、待機していたANGの職員が、それぞれ建物から反対方向に歩き始めた。男は出てくるなり、帽子を目深にかぶった。歩きながらしだいに足を速め、コートの襟を立てる。ほとんど小走りに近いスピードになっていた。途中でANG職員とすれ違った。するともうひとりは急いで角をまわって通りを迂回し、相棒に加わった。

男は追いかけてこようとする監視チームを背に、闇のなかに姿を消した。

階段に残されたマイクはまだ室内の音を拾い続けていた。

「ママ――ママ――ルーカスって誰なの？」

女性の声はひどく低かった。「なんでもないのよ、ハニー。もういいの」

六

「よし」ロジャーズが叫んだ。「逃げられないうちにこっちも行くぞ」技術者がマイクロホンを引っ張って外し、ワイヤーを巻き戻してスターターボタンを押した。ロジャーズは急発進に備えて身構える。

彼は無線に向かって、男が見えなくなる前にあらたな監視チームを派遣し、それまでのチームを拾い上げるよう指示した。車が走るあいだフィンチリーは何もいわなかった。灯りの下に浮かび上がるその顔はげっそり憔悴していた。

車は一番近くにいたANG職員のかたわらを通り過ぎた。彼は急ぎ足の男を見失わず、なおかつ注意を惹かないように追跡するのに苦労しているようだった。彼は通り過ぎる車にちらりと視線をやった。その唇は固く引き結ばれ、鼻孔は開いていた。

車のヘッドライトが追っている男の大柄な姿をとらえた。男は小刻みな速足で歩いていた。背をかがめ、ポケットに手をつっこんでいる。その顔は下に向けられていた。

「いったいどこへ行こうというんだろう?」ロジャーズは思わず口にしていた。男の行先はフィンチリーにいわれなくてもわかっていた。

「たぶん、自分でもわかっていないんじゃないか」とフィンチリーが答える。

暗闇のなかで男はマクドゥーガル・ストリートに向かっていた。ブリーカー・ストリートに並ぶコーヒーショップの明かりが行く手に浮かんできた。男はそれに気づくと、突然横の路地に入っていった。

横手にある家の階段から女性がひとりおりてきて、彼とすれ違った。とたんに男は立ち止まって、くるりと振り向いた。彼は頭をあげ、口をぽかんと開けた。まるで凍りついた驚きのパントマイムを見ているかのようだった。男は何かを口走った。次の瞬間、車のライトがその顔を照らし出した。

女性が悲鳴をあげる。喉から声を振り絞り、両手で顔を覆った。その凄まじい声は狭い通りに響きわたった。

男は走り出した。彼はさらに狭い小路に飛び込み、まるで空き箱を踏みつけるようなうつろな足音が車のなかにいても聞こえてきた。女性はその場に立ち尽くしたまま、背をかがめ、わが身をかき抱いている。

「やつを追うんだ！」今度はロジャーズが自分の声の響きに驚いていた。運転手が小路に車を入れると、彼はフロントシートの背をつかんでいた。

男は彼らの車の前を走っていた。ヘッドライトがその首筋を照らし、反射した光がはためくコートの裾が作り出す影を躍らせていた。その走りはまるで疲れ果てた人間のようにぎこちなかったが、信じられないほどのスピードが出ていた。

「なんてこった！」フィンチリーがいう。「やつを見ろよ！」

「どんな人間だってあんなふうに走れはしない」ロジャーズが答える。「呼吸のために肺を使う必要がないんだ。酸素不足もこたえていないようだ。あの分では心臓の限界まで走り続けるに違いない」

「もしくは限界以上に」

男はいきなり塀に身をぶつけて急停止するとその反動を使って反対側の通りに移り、ダウンタウンめざして走り始めた。

「おい！」ロジャーズは運転手に怒鳴った。「この老いぼれ馬に活を入れろ！」

車は悲鳴のような音をたてて角を曲がりこんだ。男はあいかわらず彼らよりはるか先を、一度も振り返ることなく走っていた。その通りは倉庫街の裏側で、荷積み用のプラットホームがずらりと並んでいた。家の明かりはなく、角ごとに街灯が照らしているだけだった。キャナル・ストリートに向かって続く信号が、次々と緑から赤へと点滅を繰り返し、通りを波のようにいろどっている。男はそのあいだをまるで大風にはためきながら飛ばされていくかのようにすさまじいスピードで疾走していく。

「くそっ！　なんてこった！」フィンチリーがせっぱつまった口調でつぶやく。「あいつ自殺する気か」

運転手はさらにスピードを上げてひび割れた道を突進した。男はすでに次の角にさしかかっていた。そこで一瞬振り返って、彼らの車を見る。そしてさらにスピードを上げ、交差点にさしかかると、勢いよく折れ曲がって六番街に向かった。

「あそこは一方通行で入れません！」運転手が叫ぶ。

「なんとかしろ、この阿呆！」フィンチリーが叫び返し、運転手は懸命にハンドルを回しながら西に向かって突進した。「いいぞ、やつをつかまえるんだ！」フィンチリーが怒鳴った。「あいつを死まで走らせるわけにはいかない！」

通りの縁石には車が一列にぎっしりと駐まり、かろうじて一台分が通り抜けられる程度のスペースしかなかった。数ブロック先からヘッドライトがこちらに向かってどんどん近づいてくる。

男はいまや死に物狂いで走っていた。車が近づいていくにつれ、男がビルの合間の狭い路地や逃げ道を求めて、左右に首を巡らせるのをロジャーズは見た。

車が追いついたところでフィンチリーが車のウィンドウをおろして叫んだ。「マルティーノ！止まれ！　大丈夫だ！　止まるんだ！」

男は振り返って彼らのほうを見た。次の瞬間、彼は踵を返し、駐まっている車のあいだに身をこじ入れ、コートを引き裂きながら反対側へと走り始めた。

運転手は急ブレーキをかけると、ギアをバックに入れた。トランスミッションは壊れたが、ドライブシャフトはもちこたえた。車はタイヤの回転を停止したまま横滑りし、通りに黒煙を撒きちらし、タイヤが火を噴いた。ロジャーズの頭はフロントシートの背にまともにぶつかり、歯と歯がガチンとぶつかった。フィンチリーはドアを開けるなり、外に飛び出した。「マルティーノ！」

男は反対側の舗道に足を踏み入れた。一度も止まることも振り返ることもせず、ひたすら西をめざして走り続ける。フィンチリーは車道を走り出した。

ロジャーズがようやくのことでドアから出ると、ちょうど次の道路の反対側から車が走ってくるのが見えた。その距離は六十フィートも離れてはいない。

「フィンチ、歩道に上がれ！」

男は曲がり角に達していた。まもなく追いつこうとしていたフィンチリーは隙間なく詰まったバンパーの間を通り抜ける手間も惜しんでまだ車道にいた。

「マルティーノ！　止まれ！　いつまでも続かないぞ！　マルティーノ！　死ぬ気か！」

前方から近づいてきた車はふたりに気づくと、カーブを切って横道によけた。だが、さらにマクドゥーガル・ストリートから入ってきた車がその鋭いフェンダーでフィンチリーを引っかけた。彼の体はもんどり打って、駐まっている車の側面に叩きつけられた。その肺はすでに押しつぶされていた。

一瞬、すべての動きが止まった。フェンダーを破壊された車は通りの入口でなすすべもなく左右に揺れている。ロジャーズは片手をＦＢＩの車にかけていた。ゴムの焼ける異臭があたり一面にたちこめている。

ロジャーズの耳に、通りのはるか向こうをまだ走り続けている男の足音が聞こえてきた。あの男は女性が悲鳴をあげてから起こったことをはたして理解しているのだろうか。

「応援を頼む」彼はＦＢＩの運転手に怒鳴った。「そっちの司令部に連絡して、ＡＮＧのわたしのスタッフと連携するように伝えてくれ。男がどの方向に向かっているかを教え、尾行を続けるようにと」それから彼は車道を渡ってフィンチリーに走り寄ったが、彼はすでに死んでいた。

七

そのブリーカー・ストリートのホテルは一階にフロントがあり、そこから上にあがる狭い階段が続いていた。入口は両隣の商店にはさまれた狭い戸口になっていた。フロント係はデスクのうしろに座り、階段を背に椅子を傾け、眠たげに顎を胸に埋めていた。彼はくたびれた顔をした老人で、顔には灰色の無精ひげをはやして、ベッドに潜りこめる朝をひたすら待ちわびていた。

正面のドアが開いたが、フロント係は顔を上げようともしなかった。宿泊客なら向こうのほうからやってくるからだ。足を引きずる音が目の前で止まるのを聞いて、ようやく顔を上げた。

彼はそれまでさまざまな身体障碍者を見慣れていた。上階の客室にも多かれ少なかれそういった滞在者たちがいたし、珍しいものに出会うことはしょっちゅうだった。もっと若いころは目新しい新聞だねを追いかけたものだった。六番街の高架鉄道《エル》が取り壊されたときも、ヘッドライトが四台ある車が登場したときも。だが年老いた今となっては、すべてはただ目の前を流れ過ぎていくだけになっていた。だからこれまで見たことのないものと出会っても驚きはしなかった。もし医者どもが男に金属製の頭をつけたとしても、そんなものは背後の階段を上がり下りする、アルミニウム製の義足とどれほどの違いがあるだろう。

デスクの前に立っている男は何かをいおうとしているようだった。だが、しばらくのあいだ、口からいっぺんにたくさんの空気を吸い込もうとするぜいぜいという音しか聞こえなかった。男はしばらくデスクの端をつかんで体を支え、左胸を押さえていた。やがて絞り出すようにしてこういった。「ひと部屋いくらだ?」

「五ドル」フロント係の老人はそういいながら、キーを差し出した。「現金のみ、前払いだよ」

男は財布を探り、紙幣を取り出すとデスクの上に置いた。彼は一度たりとも老人を見ようとはせず、顔を隠そうとしているようだった。

「部屋の番号はキーについてるからね」フロント係は紙幣を床に固定されたスチール製のボックスの差し入れ口に入れた。

男はそそくさとうなずいた。「わかった」そして人目をはばかるように自分の顔を指さした。「事故でやられたんだ。工場で爆発事故にあってね」

「お客さん」フロント係は答えた。「こっちにゃ、なんの関係もありませんね。部屋での飲酒は禁止。チェックアウトは八時。それより過ぎるときはさらに五ドルいただきます」

八

まもなく朝の九時になろうとしていた。ロジャーズはひとけのない、寒々としたオフィスに座って電話が鳴る音を聞いていた。少し間を置いてから受話器を取り上げる。

「ロジャーズだ」

「エイヴリーです。対象者は依然としてブリーカー・ストリートのホテルにいます。今朝八時少し前におりてきてもう一日分の部屋代を払い、また部屋にこもっています」

「ご苦労。そのまま監視を続けてくれ」

彼は受話器を戻すと、ほとんどデスクにつきそうになるまで顔を下げた。両手をうなじで組み合わせる。

内線のブザーが鳴り、彼はふたたび身を起こした。手を伸ばしてスイッチを入れた。「なんだ?」

「ミス・ディフィリッポがお見えです」

「わかった、こちらに通してくれ」

彼は女性が入ってくるのを待って、スイッチから手を離した。「どうぞお入りください。こちらの――この椅子におかけください」

アンジェラ・ディフィリッポは若い魅力的なブルネット女性で、どちらかといえば痩せた体型をしていた。おそらく十八歳くらいだろう、とロジャーズは思った。彼女は自信に満ちた足取りで、いささかの不安も見せずに椅子に座った。きっとどのような状況でも、彼女はこんなふうに冷静で自信に満ちているのだろう。どんなに身に覚えのない者であろうと、この建物に入ると少々不安げな様子を見せるのだが、この女性にはみじんの気後れもなかった。

「ショーン・ロジャーズです」彼は笑みを浮かべて、手を差し出した。

彼女はほとんど男性的といってもいいくらいの力強さで握り返し、笑みを浮かべてみせたが、そこには自分をよく見せようという気配すら感じられなかった。「こんにちは」

「お仕事があるのはわかっていますから、あまり長く手間を取らせるつもりはありません」彼はそういってテープレコーダーのスイッチを入れた。「昨夜起こったことについて、二、三おうかがいしたいことがあるのです」

「お役にたてれば光栄ですわ」

「ありがとう。さてと――あなたの名前はアンジェラ・ディフィリッポ、ニューヨーク市マクドゥーガル・ストリート三十三番地に居住。間違いありませんね？」

「はい」

「昨夜――つまり十二日の午後十時半ごろ、あなたはマクドゥーガル・ストリートの角、ブリーカー・ストリートとハウストン・ストリートのあいだの路地にいました。これも間違いありませんか？」

「はい」

「そのときに何が起こったか話してもらえませんか？」

「はい。わたしはデリカテッセンにミルクを買いに行こうと思ってちょうど家を出たところでした。通りはちょうど家の戸口に面しているんです。特に意識していたわけではありませんが、誰かがマクドゥーガル・ストリートをやってくるのはわかりました。足音が聞こえましたので」

「ブリーカー・ストリートに向かって、ということですね？　通りの西側を？」

「はい」

「続けてください、ミス・ディフィリッポ。記録を明確にするために、途中でまたお話を遮ることになるかもしれませんが、あなたはなかなか説明がお上手なようだ」こうしてまたしても記録が無駄に積み重ねられていくのだ、と彼はひとりごちた。

「はい、誰かが近づいてくるのはわかっていましたが、とりたてて注意は払いませんでした。ただ、ひどく速足だなと思ったくらいで。すると突然その人物が横の路地に入ろうとするような動きを見せたんです。わたしはそれをよけようと思って、そのときはじめて彼を見ました。街灯を背にしていたので、わたしにはそれが男性――それも大柄な男性だとわかりましたが、顔は見えませんでした。歩き方から察すると、彼は全然わたしに気づいていなかったと思います。まっすぐわたしに向かってきたので緊張したのを覚えています。

わたしはうしろに下がり、男はわたしの袖をかすめていきました。そのとき彼が顔を上げて、わたしは彼の顔に妙なところがあるのに気づきました」

「妙なところとは、ミス・ディフィリッポ？」

「とにかく妙だったんです。そのときは具体的に何なのかはわかりませんでしたが、とにかく何かがおかしいという気はしました。それでわたしも少しばかり不安になったんだと思います」

「なるほど」

「そしてわたしは初めてまともに彼の顔を見ました。彼はいきなり立ち止まると、ロ――というよりは口のあるべき場所――を開きました。その顔は全部金属でできていて、まるで新聞の日曜版マンガにでてくるロボットのようでした。彼はひどく驚いたように見えました。そしてなんとも奇妙な声でこういったんです。『バーバラ、僕だよ、ドイツ人だよ』」

ロジャーズは驚きのあまり身を乗り出していた。「バーバラ――僕だよ――ドイツ人だよ。たしかにそういったんですね？」

「ええ、彼はひどく驚いているようでした。それで――」

「どうしたんですか、ミス・ディフィリッポ？」

「わたしはなぜ自分が悲鳴をあげたのか気がついたんです――つまりその本当の理由に」

「それは何ですか？」

「彼はイタリア語をしゃべっていたのです」彼女は驚きをこめた顔でロジャーズを見た。「それに気がついたからです」

ロジャーズは眉をひそめた。「彼はそれをイタリア語でいった。そして彼がいったのは『バーバラ、僕だよ、ドイツ人だよ』意味をなさないな。これを聞いて何か思い当たることはありますか？」

彼女は首を横に振った。

「なるほど」ロジャーズは机に目を落とした。彼は手にした鉛筆の先で、吸い取り紙をこつこつと叩いていた。「あなたのイタリア語はどの程度堪能ですか、ミス・ディフィリッポ？」

「家ではいつもイタリア語でしゃべっていますわ」

ロジャーズはうなずいた。そのとき、あることを思いついた。「同じイタリア語でも、地方によっては方言があると聞いています。彼のイタリア語はそのどれに該当するかわかりますか？」

「ごくふつうのイタリア語に聞こえました。アメリカに住んでいるイタリア人といえばいいかしら」

「長くアメリカに住んでいるような感じでしたか？」

「たぶん、そうだと思います。このあたりに住んでいる人たちのイタリア語とさして変わりありません。でもわたしは専門家ではないので、ただ、そんな気がしただけです」

「わかりました。ところでバーバラという名前に心当たりはありませんか？　つまりあなたに似ている人という意味ですが」

「いいえ……そうですね、やっぱり思い当たりません」

「結構です、ミス・ディフィリッポ。彼に話しかけられて、あなたは悲鳴をあげた。そのあとは何かありましたか？」

「いいえ、彼は踵を返して路地を走っていきました。そのあとを車が一台追いかけていきました。少ししてからＦＢＩの人が来て、大丈夫ですかと訊きました。わたしがええと答えると家まで送っていってくれました。このあたりのことはあなたもご存じだと思いますが」

「わかりました。どうも、ありがとう、ミス・ディフィリッポ。ご協力に感謝します。もうお呼びたてすることはないと思いますが、何かあればまた連絡します」

「お役にたてれば光栄ですわ、ミスター・ロジャーズ。それでは失礼します」

「ありがとうございました、ミス・ディフィリッポ」彼はふたたび握手すると、女性が出ていくのを見送った。

大したものだ、と彼はひとりごちた。世の中には自分の恋人がどんな仕事をしていても驚かない女性もいる。

それから彼は眉をひそめながら腰をかけた。「バーバラ――僕だよ――ドイツ人だよ」またしても調べることが増えてしまった。

マルティーノはホテルの一室に引きこもり、どんな気持ちでいるのだろうか。これから先、どれくらい――あるいはいつになれば、記録に残せるような確証を見つけだすことができるのだろうか。

内線ブザーがまたしても彼の思考を中断した。

「なんだ？」

「ミスター・ロジャーズ？　リードです。マルティーノの知人リストに載っている数人について照会していたのですが」

「それで？」

「ルーカスのMIT時代のルームメイトだった、フランシス・ヘイウッドという男なんですが」

「ANGの技術者人事局の大物だったあのヘイウッドか？　だが、彼なら飛行機事故で死んでいるはずだ。何か出てきたのか？」

「FBIが彼に関する新情報を手に入れました。彼らはワシントンにもぐりこんでいたソビエト側の一味をおさえたんです。その結果かなりの上層部にまで彼らの手が及んでいたことがわかりました。ほとんどが隠れスパイ《スリーパー》ですね。ヘイウッドはワシントンでアメリカ政府の仕事についていたことがありますが、彼もソビエト側の手先だったのです」

「あのフランシス・ヘイウッドがか？」

「こちら側のファイルで指紋と写真を照合しました」

ロジャーズは思わず唇のあいだから息を漏らした。「わかった。その調書を持ってきてくれ。こちらで検討することにしよう」彼はゆっくりと受話器を置いた。

FBIの調書が届くと、疑惑は裏付けられた。それはどんな経験を積んだベテランさえも文句のつけようもないほど完璧なものだった。

フランシス・ヘイウッドはMIT時代にルーカス・マルティーノと寮のアパートの一室を分け合

っていた。すでにその当時からソビエトの隠れスパイだったかどうかについては疑問があるが、それはたいした問題ではなかった。少なくともアメリカ政府からＡＮＧに移ったときには、間違いなくソビエト側の手先になっていた。ＡＮＧにおける彼の仕事は主要な技術者たちをその目的に応じたもっともふさわしい配置先に送りこむことだった。彼はすでにアメリカ政府でそうした仕事のための訓練を受け、その分野では最高のエキスパートとして知られていた。この時期のある時点から、彼はスパイ活動を積極的に展開し始めたようだった。彼の立場をもってすればソビエトがマルティーノを手に入れるための方策をあれこれ巡らせることができたのは明らかだった。ヘイウッドは事実上やつらのスカウトだった。

Ｋ88計画がどのようなものであるか、彼は知っていたかもしれないし、知らなかったかもしれない。もし知っていたとしてもプロジェクトのおおまかなアウトライン程度だったかもしれないが、それでもふつうの人間よりは、専門的な推測をたてるのはたやすかったはずだ。もしリスクを冒す必要があると考えたなら、それを知るためにいくつかの方策を講じていたはずだ。いずれにせよ、彼は国境の向こう側に送り出そうとしている男がどのような人物であるか、その手掛けているプロジェクトがどれほど重要なものであるかを知っていた。

だが、それもまたさほど重要な問題ではない。もっとも重要なのは以下のことだった。

ルーカス・マルティーノが国境の向こうに消えてから一か月後、フランシス・ヘイウッドはワシントンから大西洋経由の飛行機に乗り込んだ。おもてむきは連絡業務となっているが、それもまたこれまでと同じように見せかけだったという可能性もある。飛行機は大西洋上でエンジン爆発を起こし、緊急信号を発信してから海中に墜落した。航空救助隊が海上に浮かんでいた機体の一部を発見し、数名の遺体を収容したが、ヘイウッドの名前はそのなかにはなかった。機体はこなごなに破壊され、ソナーによって海底に沈んでいるその一部が発見された。そして事故には幕が引かれた。原因は単なるエンジントラブルとみなされた。ソビエトの戦闘機に攻撃されたという報告もなく、無線士は最後まで冷静に、プロフェッショナルらしいメッセージを送り続けた。

だが、ロジャーズの頭には、工作員をあらかじめ予定された海上の場所に落とし、待機させた潜水艦に彼を拾い上げさせるという、おなじみのソビエトの手口が思い浮かんでいた。男がひとり消えたという事実を隠蔽したければ、民間航空機を墜落させればいい。ひとつくらい遺体が消えたとて、誰が不審に思うだろう。そして男が溺死する前に、潜水艦をあらかじめ予定された海域に待機させておく。多少のリスクはあるだろうが、予定どおりに飛行機事故を起こし、あらかじめ工作員の準備が整っていれば、この作戦にも十分にチャンスはある。

彼はヘイウッドについての調査資料に目を通した。身長六フィート、体重二百二十ポンド、がっしりした体格に浅黒い色の肌をしている。年齢はマルティーノとほぼ同い年だった。ヨーロッパにいるあいだにイタリア語を習得していた――おそらくはアメリカ人なまりの。

ルーカス・マルティーノは三年間同じ部屋にいるあいだに、どれだけのことをしゃべったのだろう、とロジャーズは思う。ニュージャージーの田舎から出てきた孤独な若者は、どこまで自分のことを明かしたのだろう。その机の上にはイーディスという名の娘の写真があったのだろうか。あるいは毎日見せられているおかげでヘイウッドの記憶に刻みこまれてしまったバーバラという名の娘の写真が。ヘイウッドならアンジェロ・ディフィリッポが昨夜マクドゥーガル・ストリートで耳にした言葉の意味を説明できるのかもしれない。

自分たちが相手にしているこの男はどれほどの役者なのだろうか？　人はどれほどうまく役者になり切れるのだろうか。

なんとかしてくれよ、フィンチ。彼はそうひとりごちた。

第十章

若きルーカス・マルティーノは自分にはどこか間違っているところがあるという思いを抱え、できるならそれを矯正したいと心に決めてマサチューセッツ工科大学の門をくぐった。だが入学手続きを済ませ、クラスの割り振りを受け、これまで経験したことのない日々の勉学に追われるうちに、それがいかに困難なことかがわかってきた。

MITの学生たちは入学と同時にすでに選別された存在だった。卒業生たちはどの分野においてもトップが約束されていた。連合国《AN》には幾千ものプロジェクトが山積みになり、そのスケジュールを埋める人材を待っていた。いったんそこに放り込まれるとそうしたプロジェクトにはどれも完成をめざして無数のスケジュールが組まれていた。すでに十年以上も先までの研究プランがたてられ、どれも期限が定められ、他のプロジェクトとも連携しあい、それぞれのプロジェクトの達成は、互いのスケジュールが遵守されるかどうかにかかっていた。もしその仕組みを危険にさらすような人間が出てきたときは、その弱点は可能なかぎり早急に突き止められなければならなかった。

ＭＩＴの指導教官たちもまた疑問を残すような教え方はしなかった。彼らは生徒たちを特別に鼓舞したり、特定の生徒に注目したりするような時間の無駄遣いはしなかった。学生たちはみな与えられたテキストを十分に咀嚼《そしゃく》し、その意味するものを完全に理解できるものとみなされていた。教官たちは静かに、有能に、かつ容赦なく講義を進めた。一度やったことを繰り返したり、いつもはいい成績を取る生徒が、試験で失敗したからといって手心を加えたりすることはなかった。

ルーカスは自分の目的を達成するためには理想的なシステムだと思っていた。事実は提供され、それを理解できなかった者、応用できなかった者、授業の進行についていけなかった者たちは、クラス全員の歩みを遅らせる前に抹消されなければならなかった。彼にとってはごく自然なアプローチであり、すでに大幅に遅れ始め、追いつける見込みのなくなった隣の席の生徒がすがるように彼を見ても、かすかな不信の目を向けるようなところがあった。数週間もしないうちに、彼は同級のクラスメートたちよりも一段上の存在としてふるまう、冷たくよそよそしい優等生という評判を得ることになった。

最初の一年間、彼の教官たちはまったく彼の存在を気にもとめなかった。だが、彼のような存在に目を止めなかったのは教官たちの不手際だったといえるかもしれない。

ルーカス自身は教官たちが突っ走り気味だったニューヨーク市立大学と比べてなんら不都合も感じなかった。彼は勉学に打ち込んだが、勉学それ自体よりも、むしろそこから自分が生み出す発見のほうに興味があった――それこそは彼に期待されるものであり、そのためのあらゆる機会が与えられていた。大学自体が勉学のこと以外考えられないような若者たちのために構成されていた。

ようやく二か月が過ぎると最初の意気込みが薄れてくる程度には余裕が出てきた。腰を落ち着けて日々の勉学に打ち込みながら、ほかのものにも目を向けることができるようになった。

だが、彼はいつのまにか孤立していることに気がついた。どういうわけか――自分でもわからないが――彼には友人がひとりもいなかった。クラスメートたちに近づこうとしても、あからさまにそっぽを向かれるか、忙しすぎて取り合ってもらえなかった。彼は学生たちのほとんどが、自分の取っている半分以下の講義しか取っていないことを、それでも追いつくのがやっとだということ、さらには彼ほどの自信を持っていないことを知った。天下のMITの学生だというのに。そして学生たちのほとんどが自分たちのやっていることに対して時間の八十五パーセントしか活用していないことに甘んじていた。だが、それが慰めになるわけでもなかった。

むしろ彼の困惑は深まるばかりだった。彼はMITで別の世界の人間に会えるものと心から期待していた。そして実際それはかなえられていた。学生たちの多くはここに来たときから勉強以外の関心をすべて放棄していた。少ししか眠らず、食事は急いでかきこみ、わき目もふらずに勉学に励んだ。教室では膨大な量のノートを取り、夜になるとそれを部屋に持ち込んで一心不乱に復習した。故郷からの手紙には返事も書かず、近くの町まで夜遊びにいくことなど論外だった。会話といえば自分たちの勉強に関することばかりで、個人的な問題があったとしても、それらは無限に続く勉強地獄に埋もれたまま心に抱え続けているしかなかった。

だからといって彼らが自分たちのやっていることに喜びも覚えていなければ、その専門にとりわけ打ちこんでいるわけでもないことを、ルーカスは発見した。彼らはただ一時的な偏執症《モノマニアック》にかかっているに過ぎないのだ。

もしかしたら自分もそういった連中と変わらないのではないかという疑問に駆られることもあった。だが、その考えはやはり事実にあてはまらなかった。そこでふたたび彼は自分が一種のフリークなのではないか――ふつうの人間なら意識することなく踏んでいるはずのステップを、どこかで踏み外してしまったのではないかという結論に達せざるを得なかった。ふとしたはずみで、心の空白のなかにそれが忍びこんでくるたびに、彼はひどい不安に襲われた。とはいえ、いつもはもっぱら勉学に没頭する毎日だった。だが、その日のノートを整理し、課題に目を通し、現行のプロジェクトを終えて教科書を閉じるたびに、彼はじっと机の向こうの何もない壁を見つめ、ルーカス・マルティーノとして犯した失敗をどう処理すればいいか思い悩むのだった。

唯一の前進といえば、短い期間とはいえ、彼がルームメイトという存在を意識したことかもしれない。

フランク・ヘイウッドはルーカス・マルティーノのような人間と狭い部屋を分け合うにはうってつけの人物だった。落ち着いた、冷静なタイプで、必要最小限のことしかしゃべらなかった。部屋での行動も分をわきまえ、ルーカスの妨げになることは一度もなかった。部屋にいるのは勉強するときと眠るときだけで、それ以外の時間はどこへともなく姿を消した。学期が始まってから数週間ほど、ルーカスはフランクもまた自分と同じように、友情を築いたりそれ以外のことをするには忙しすぎて、平穏に生活するための最低限の礼儀を守るだけで手いっぱいなのだろうと思っていた。だが、やがてフランクもまた落ち着き、ほかのことに目を向ける余裕が出てきたようだった。なぜならふたりの短い友情のきっかけを作ったのはルーカスではなく、フランクのほうだったからである。

「なあ、きみ」ある晩、フランクはいきなり話しかけてきてルーカスを驚かせた。「新入生のなかでは間違いなくきみがピカいちだぜ」

机に頬杖をついて座っていたルーカスはルームメイトを振り返った。「僕が？」

「そうさ、きみだ」ヘイウッドの表情は真剣だった。「本気でそういってるんだぜ。この学内じゃきみがクソ勉野郎だって評判だが、おれにいわせればナンセンスだ。おれはずっときみを見てきたが、きみは他のサルどもとは違って半分の能力でテキストを読みこなしている。きみにはその必要がないからさ。ひと目見ただけで内容がすっかり頭に入っちまうんだからな」

「だから？」

「つまりきみは本物の優秀な頭脳の持ち主だということさ」

「でも馬鹿じゃこの学校には入れないだろう？」

「馬鹿じゃないさ」フランクは侮蔑するような身振りをしてみせた。「ここは古き良きアメリカのノウハウを育む次世代のゆりかごであり、将来の希望たる、あらゆる若き優秀な科学者たちの頭脳の宝庫なんだぜ。なのにほとんどの者たちはプラス1の平方根を出すのにケツを掻くか一時間も考えなきゃならない。なぜだ？　それは彼らが教科書のどこを見ればいいのかは教わるが、どう利用するかはわからないからだ。だが、きみは違う」

ルーカスは驚いてまじまじと相手を見つめた。ひとつにはフランクがこれほどまでに長くしゃべるのを聞いたのが初めてだったからだ。もうひとつは彼にとってまったく新しい視点——MITとそれが代表するものすべてに対するこの姿勢は、これまで彼が聞いたこともなければ、考えたこともなかったものだったからである。

「それはどういう意味だい？」彼は純粋な好奇心からその真意を訊ねた。

「つまりこういうことさ——ここで教えられているやり方、この大学でついていく唯一の方法は、ただ教えられたことをひたすら暗記していくしかない。そういう連中の何人かとも話してみたけどね。教科書を一字一句、まるで口からサナダムシをたぐり出すみたいに、最後のコンマまで暗唱できるやつならこのフロアだけでも軽く十人はいる。そして十五年後、アカどもの植字工がわざと教科書の言葉にインチキを紛れこませたとわかろうものなら、連合国側の科学技術は壊滅的な打撃を受けることになるだろう。なぜならそのインチキが行われた場所に本来どんな言葉が入るのかを考え出せるような独創性の持ち主は誰もいないからだ。間違ってもその十人じゃない。そいつらはWBZ周波数を使うミサイル制御システムを永遠に設計し続けているだろうよ。なぜならそう教科書に書いてあるからさ」

「まだ、よくわからないな」ルーカスは眉をひそめてみせた。

「いいかい――そいつらは決して馬鹿なんかじゃない。みんな恐ろしく頭がいい。でなきゃここに入れなかっただろうからな。だが、やつらが習ってきたことといえば、ひたすら丸暗記することだけなんだ。新しい素材を次から次へと与えれば暗記はできるだろう――だがそれを咀嚼する時間はない。ただひたすら言葉を詰め込み、いざ自分たちの知識を披露するときとなれば、それをただ巻き物みたいに広げるだけだ。

おれにいわせれば、これは非常に危険なことだ。ちょっとでもましな頭の持ち主だったら、そんなふうに見境もなく知識を詰め込むことが、自分自身にとっても、連合国の積み上げてきた成果にとってもどんな意味をもつのか考えてみるべきだ。だが、あの間抜けどもときたら、額にしわを寄せるほどもそんなこと気にしちゃいない。それらを考え合わせると、たしかにやつらにはおつむはあるかもしれないが、真の頭脳の持ち主とはいえない。

おれはきみをずっと観察してきた。ここに座って、きみがひたすらノートをまとめている姿を見るのは眼福だった。ここに、まるでラブレターでも読んでいるような表情を浮かべて、電子工学の教科書を読んでいるやつがいる。まるで職人が優れた時計を組み立ててるようにレポートを作成しているやつがいる。呑みこむ前にちゃんと咀嚼できるやつがいる。教えられることに値することをしているやつがいる。ＭＩＴが本来作り出すはずの人材がここにいるってね」

ルーカスは驚きに眉を上げた。「僕が？」

「きみさ。おれはこれまでずっと探してきた。このキャンパスにいるあらゆる人間を見て回ってきた。教授陣のなかにはきみと同等の才能を持つ者もいるが、学生となると皆無だ。わずかにそれに近い連中もいるが、きみに並ぶ者はいない。だからこそ、おれはこの学年の四クラスのなかできみがもっとも注目に値する男だといいたいのさ。きみはきっと将来この分野で間違いなくビッグになる男だ。それが土木工学だろうが核動力学だろうとね」

「僕は電子物理学をめざしている」

「なるほど電子物理学か。間違いなく、きみはあと数年もしないうちにアカどもの脅威となるだろうよ」

ルーカスは目をぱちくりさせた。彼はすっかり当惑していた。「僕はグリエルモ・マルコーニ〔無線通信を発明したイタリアの電気工学者〕の庶子なのさ」と彼は切り返した。「名前の響きが似ているだろ?」だが、それもヘイウッドのおしゃべりに歯止めをかける役には立たなかった。あとで考えてみよう——じっくり考え、この新しいデータを正しい配列のなかに並べてみよう。

まず、ここに新たな概念が——他人と違っていることが必ずしも悪いことではないという概念があった。さらに自分のことをそれだけ考えてくれ、じっくり観察し、分析に値すると思っている人物がいた。それは今まで両親以外から期待したことのないものだった。そしてもちろん、二番目の結論は三番目の結論をも引き出した。フランク・ヘイウッドがそのように考えているのなら、他の者に見えていないものが彼には見えているというのなら、フランクもまた他人とは違っているということになる。

それは大きな意味をもっていた。それはつまり、彼とフランクは少なくとも話が通じ合えるということだった。つまりフランクは本人が否定するにもかかわらず、彼と同等の才能を持っているのだ。もしかしたらマルティーノ以上に。彼には見えなかったものが、フランクには見えるのだから。

多くの意味においてそれはルーカスにとっては魅力的な考えだった。それの一部だけでも受け入れるのなら、自分は一種の天才だということになる。だが、そのことがかえってこの仮定に疑いを抱かせた。だが、それを否定する根拠はほとんど無きに等しかった。実際それは彼自身の人生を新たに見直させてくれるものであり、それゆえに対立するすべての事実をもまた見直させるものだった。

それからの数週間、彼はついに自分を見いだすことができたという確信で有頂天になった。彼とフランクはルーカスの興味を引くありとあらゆるものについて話し合った。ふたりは真剣な討論を夜遅くまで交わし合った。だが、彼にとって重要なのはふたりの天才が共存しているということだった。そしてある晩、ルーカスはフランクの勉強方法について訊ねてみた。

「おれかい？　ああ、なんとかうまくやってるよ。絶えず合格点のちょっぴり上を狙うんだ」

「ちょっぴりとは？」

フランクはにやりとした。「きみにはきみの、おれにはおれのやり方があるってことさ。おれはMITの卒業証書さえ手に入ればいいのさ、きみと同じようにね」

「でもそれじゃ学位は――」

「きみが考えているのはそれか？　もちろんそこから出発しようと考えているのならそれもいいだろう。率直にいえばきみと互角に勝負することもできると思う。だが、なぜこのおれがそんなことをしなければならない？　これからの四十年間をどこかの企業のデスクで過ごし、年金をもらって引退するなんてまっぴらごめんさ。おれはＭＩＴで理学士号をもらったら、それを足掛かりにどこかの政府機関に入りこむ。そして四十年間空調のきいたオフィスでケツを冷やしながらデスクで過ごすのさ。そしてもっと莫大な年金をもらって引退する」

「でも――それだけ？」

ヘイウッドはくすくす笑った。「それですべてさ、同志よ」

「でもそれじゃあまりにもったいなさ過ぎやしないか。きみほどの頭脳をもつ男がそんな人生計画を抱いているなんて」

ヘイウッドはにやりと笑い、両手を広げてみせた。「でも、そういうことなのさ。だとしたらどうしてこんなところで艱難辛苦する必要がある？　この方法ならなんとかやっていけるし、自由な時間もたっぷり使える」彼はまたしてもにやりとした。「ルームメイトとだってじっくり話し合いたいし、あちこち歩き回って色々な人々と出会いたい――なあ、これならよけいな苦労はしないですむだろう。ＭＩＴのような詰め込み至上の場所でやっていくにはうまく頭脳を使わないとね」

彼ほどの才能の無駄遣いにルーカスは愕然とするばかりだった。彼にはとても理解することは不可能だったし、受け入れられるものでもなかった。当然ながらそれは一か月続いた親密な雰囲気をぶち壊した。

ルーカスはふたたび自分自身の殻に戻った。ヘイウッドに敵意やそれに近いものを抱いたわけではないが、友情が急速にしぼんでいくにまかせた。今回のことによって、彼は自分が天才ではないかという確信を完全に捨て去った。やがて、自分がすんでのところで道化になるところだったことすら忘れた。それでもたまに、物事がことさらうまくいくように思えるときなど、この馬鹿げた考えがひょいと頭をもたげ、そのたびに慌てて押さえつけるのだった。

彼とヘイウッドはルームメイトのまま学部を終えた。ヘイウッドはふたたびルーカス・マルティーノと狭い一室を分け合うのに申し分のない人物に戻り、ルーカスの完全な沈黙もいっこうに気にした様子はなかった。時おりルーカスは、座ったまま彼を見つめる視線を感じることがあった。

大学を卒業するとヘイウッドはボストンを去り、ルーカスの目の前から消えた。そのわずか数年後、ルーカスの大学院の教官が彼のところにやってきてこう提案した。「きみの話していた仮説についてだが、これを論文にまとめてみたらどうだね、マルティーノ？」

したがってヘイウッドはK88の誕生に立ち会うことはなかった。ルーカス・マルティーノはふたたび全力を傾けなければならない研究にどっぷり浸かりこみ、心のなかの未解決の問題はまたしても先送りにされた。

第十一章

一

エドマンド・スタークは齢を重ね、四部屋のバンガローを借りてブリッジタウンの町外れにひとり住んでいた。皮膚は干からびて革のようにこわばり、よれよれになった肌の下の筋肉は筋張り、青い静脈は太く浮き出ていた。髪は頭部から抜け落ち、骨の凹凸をあらわにしている。眼鏡のレンズは分厚く、安物のフレームにみっともなくおさまっていた。下顎は突き出し、目はいつも細められたままだ。多くの老人がそうであるように睡眠時間は短く、一度に長時間寝るよりも短いうたたねで補っていた。起きているあいだは科学関係の雑誌を読んだり、初心者用の物理学の教科書を執筆していたが、書き進めていくにつれて従来のものと変わらないのではないかという疑念を抱くようになっていた。

今日の老人は表に面した部屋に座り、手にした雑誌を丸めて、反対側の壁をじっと見つめている。

やがて表の暗い玄関に足音を聞きつけた彼は、ベルが鳴らされるのを待った。ベルが鳴るのを待って部屋着にスリッパ姿で立ち上がり、ゆっくりと戸口に歩みより、ドアを開けた。

そこには大柄な男が立っていた。顔は包帯でぐるぐる巻きにされ、コートの襟を立てて、帽子を目深にかぶっている。部屋の灯りが男のサングラスに鈍く反射していた。

「何か用かね？」スタークはかん高いしわがれ声で訊ねた。

男はぼんやりと頭を振り動かした。口を開いたひょうしに、顎の部分の包帯が分かれて、その下の暗い裂け目をあらわにした。男が話す声は不明瞭だった。

「スターク先生ですか？」

「いかにもスタークだが。何の用だね？」

「その……もう覚えてはおられないと思いますが、昔先生のクラスを受けていた者です。ブリッジタウン・ハイスクール第六十六期生のルーカス・マルティーノです」

「もちろん覚えているとも。なかに入りたまえ」スタークは男のためにドアを押さえ、隙間風にいちいち神経を使わなければならないことにうんざりしながら、男の背後できっちりとドアを閉めた。

「かけたまえ。それじゃない、それはわしの椅子だ。そっちの椅子を使いなさい」

男はひどく狼狽しているように見えた。自分でもどうしていいかわからない様子で慎重に腰をおろすと、手袋をはめたままの手でコートのボタンをぎこちなく外し始めた。

「帽子も取りなさい」スタークは自分の椅子に戻ると、じっと男に目をあてた。「見られるのが恥ずかしいのかね？」

男は帽子に手をやり、ゆっくりと脱いだ。頭部全体に包帯が分厚くまかれ、白いガーゼが首元まで覆っていた。彼は包帯をさしながらいった。「実は事故にあいまして。爆発事故に」

「そんなことはわしにはどうでもいい。わしに何をしてほしいんだね？」

「わ――わかりません」男はショックを受けたような声でいった。まるでスタークの家のドアの前まで行くことしか念頭になく、そのあとのことはたった今まで何も考えていなかったかのように。

「何を予期していたのかね？　きみを見て驚くとでも？　その透明人間のような包帯でぐるぐる巻きになった姿を見て？　そいつは見当違いもいいところだ。わしはすでに知っていた。ロジャーズとかいう男がここに来て、きみがここに向かっていると教えてくれたのでな」スタークは頭をかしげてみせた。「不意打ちを食ったのはきみのほうというわけだ。さて、考えるんだ。これからどうするつもりだ？」

「ロジャーズがあなたを見つけるのではないかと心配していました。何かご迷惑をおかけしましたか？」

「いいや、まったく」

「彼はなんといいました？」

「きみが名乗る通りの人物ではないかもしれないといっておった。やつはわしの意見を求めていた」

「もしかしてそのことを口止めしたのでは？」

「ああ、頼まれたよ。わしはわしの流儀でやらせてもらうといってやった」

「先生は変わっていませんね」

「なぜ、そう思うんだ？」

男はため息をついた。「あなたもわたしがルーカス・マルティーノだとは信じていないんですね？」

「どうでもいいことだ。きみがわしの教え子だったかどうかもな。もしわしに助けを求めてきたのなら、そいつは時間の無駄だよ」

「わかりました」男はそういうなり帽子をかぶりなおした。

「まあ、待て。理由を聞いていかんかね？」

「理由ですって？」男はその声に苦々しさを交えて訊ねる。「先生はわたしを信じていない。それだけで十分な理由です」

「そう考えているのなら、よけい聞いてもらったほうがいい」

男はふたたび座り直した。「わかりました」投げやりな声だった。その感情的反応は緩慢で、なおかつ鈍く、まるで真綿を通して伝わっているかのようだった。

「わしに何をしてほしいんだ？」スタークはしわがれ声で訊ねる。「きみをここに住まわせることか？　だが、それはどれくらいだ？　一か月、二か月、それとも一年か？　やがてきみの手元には死体が残り、またしても行き場を失うだろう。わしはもう老人なんだ。きみがマルティーノであろうとなかろうと、先の計画をたてるならそこまで計算しなければやっていけんぞ」

男は首を横に振った。

「それがきみの望みでないのなら、わしに仕事を手伝ってほしいということかね。ロジャーズはその可能性もあるといっていた。どうなんだね？」

男は力なく両手をあげた。

スタークはうなずいた。「わしにそんなことができるとでも思うのかね？　四十年前にわしが習っていたころより比べものにならないほど進歩した科学技術にかかわれるとでも？　どうやってその分野の最先端の研究についていけると？　わしには機密文書にアクセスするすべもない。実験に必要な装備はどうやって手に入れるのかね？　支払いはどうするんだ――」

「金ならあります」

「これだけの反論に応えられたとしても、そこから何が得られるというんだね？　この国は現在実質的に戦争状態に入っている。たとえ一時たりとも非公認の事業を認めると思うか？　それともきみの手掛けているのはそんなに重要性のない仕事なのかね？　ネズミ捕り器にコルクを投げこむような？」

男は押し黙ったまま座り、膝の上をなぞっている。

「考えるんだ」

男は両手を上げてからまた下ろした。そして前にかがんだ。「たしかにそのようなことを考えていました」

「だが、だめだとわかった」スタークは会話を締めくくるようにいった。「それで、これからどこに行くつもりだね？」

男は首を横に振った。「わかりません。あなたが最後の頼みの綱でした」

「ご両親はこの近くに住んでいないのかね？　もしきみが本物のマルティーノだとしたらの話だが」

「ふたりとも亡くなりました」男は顔をあげた。「両親は先生ほど長生きすることはできませんでした」

「それは悪いことを聞いたな。気の毒に思うよ。人生というものは望むとおりにはいかないものだな」

「両親は農場を残してくれました」

「なるほど、だとすればきみは住むところがあるというわけだ。ここへは車で来たのかね？」

「いいえ、鉄道を使いました」

「そのぐるぐる巻きの姿でかね。ホテルに泊まりたくないというのなら、わしの車を使いなさい。ガレージに入っている。明日返してくれればいい。それで農場まで行けるだろう。キーは暖炉の上に置いてある」

「ありがとうございます」
「車は返してほしい。だが、わたしのもとを訪ねるのはこれで最後だ。ルーカス・マルティーノは
わたしがかつてその頭脳を愛した優秀な教え子だった」

二

「それではあなたにもわからないということですね」ロジャーズは昨日男が座っていた椅子に腰かけ、ものうげな口調で訊ねた。

「ああ」

「それではあなたの体験から割り出した推測では？」

「わしは事実に基づいて考える。あの男にわしのことがわかったからといって事実とは限らない。あれは芝居だったかもしれないからだ。いちいち小細工を弄しても仕方ないと思ったからわしは自分の名をいった。わしの写真はこれまでにも地元の新聞に何度か載っている。もっとも新しい見出しは『地元の教育者、長年の奉職の末、惜しまれつつ引退』というやつだ。彼はそれを見て知ったのかもしれない。あの男だってそれくらいの基礎的な調査ができないとは限るまい？」

「新聞社を訪れた形跡はありませんでした、ミスター・スターク」

「そうしたことを調べるのはきみたちの仕事であってわしの仕事ではない、ミスター・ロジャーズ。

だが、もしあの男がソビエト側のスパイだとしたら、いちいちそんなことをしなくてもあらかじめ用意されていたはずだ」

「わたしたちもそれを考えました。しかし、それに関しても決定的証拠は見いだせなかったのです」

「反証がないからといって、それを事実だと実証することにはならない、ミスター・ロジャーズ。きみはまるで自分の望む結論に追いやろうとしているように聞こえる」

ロジャーズはうなじを撫でた。「わかりました、ミスター・スターク。ご協力に感謝します」

「きみやあの男が来るまでは、わしは平穏無事な生活を送っておったんだがね」

ロジャーズはため息をついた。「それはかりはわれわれとしてもどうにもなりませんので」

彼は老人の家を辞去すると、監視チームが各自所定の配置についていることを確かめ、車でターンパイクをゆっくりとした慎重なペースで運転しながらニューヨークに向かった。

三

マッテオ・マルティーノの古い農場は八年間にもわたって放置されたままになっていた。フェンスは倒され、雑草が伸び放題に生い茂っている。納屋《なや》のドアはとうの昔に失われ、窓という窓のガラスは割れていた。納屋のペンキはすべて剝がれ落ち、母屋のほうもほとんど落ちかかっていた。

ここにあったものはすべてひび割れ、剝がれ、使い物にならなくなっていた。母屋の内部はゴミやがらくたの山ができ、水に浸かり、ひどく汚れていた。地元警官のパトロールにもかかわらず、若者たちが勝手に入りこんでは、壁に落書きを残していった。何者かによってシンクはすべて持ち去られ、わずかに残った家具もナイフでめちゃくちゃに切り裂かれていた。

農地にはいくつもの溝ができ、押し流された土砂で埋まっていた。雑草は地面にがっちりと根を張っていた。裏側のわずかに残っているフェンスに誰かが山のようなゴミを捨てていた。道沿いのリンゴ並木はどれも手入れされぬまま伸び放題に伸び、枝が折れていた。

男が最初に着手したのは家に電話をつけることだった。ブリッジタウンから生活必需品を取り寄せた。食料品、衣服——作業着やシャツ、頑丈な靴、そして工具類。彼のしていることの合法性を取沙汰するものはいなかった。それはロジャーズひとりにまかされていた。

チームはひたすら男の作業を監視し続けた。男は毎朝夜明けよりも前に起き、急場しのぎのキッチンで食事を作り、まだ戸外が暗く、男が何をしているのか見極められないほど朝早くから、ハンマーとノコギリと釘を手に屋外に出ていった。男はフェンスの杭を打ち込み、ワイヤーを伸ばし、かたわらの雑草を抜いていった。男が独力で納屋に新しい梁《はり》をつけるのを監視チームは見守った。最初はゆっくりとだったが、しだいに作業スピードは速くなり、ついには一日中ハンマーの音が鳴り響くようになった。

男は古い家具や床に敷いていたリノリウムを家から出して焼却した。それからベッドを、キッチンテーブルを、そして椅子を注文して家のなかに配置するとそれ以上は何もしなかった。納屋の屋根をふき直す作業の合間に、窓を新しく入れ直した。それが終わると今度はトラクターと鋤を注文した。そしてふたたび農地を開墾し始めた。

彼は農場から一歩も出ることはなかった。興味本位で様子をうかがう隣人たちにもいっさい口を利かなかった。一般の商店で買い物することもなかった。電話注文した品々を満載したブリッジタウンからのトラックがやってくると、あらかじめ注文の際に指示したとおりの場所に降ろさせた。トラックが敷地内にいるうちは家の外に出てくることはなかった。

第十二章

ルーカス・マルティーノはK88に電力を供給する、迷路のように張りめぐらされた頭上のケーブルを見上げながら立っていた。彼のいる作業道路《キャットウォーク》の下の深い縦穴からは、技術者たちが合金製の分厚い球体タンクのまわりで忙しく動いている音が聞こえてくる。そのうちのひとりが突き出たボルトに作業服を引っかけて悪態をついた。タンクは突き出たボルトで一面覆われていた。これが完成品のモデルだったら、そうした余分なものはすっきりと取り除かれ、表面もきれいに塗られていただろう。だが今回のそれはあくまで実験のための装置であり、そのように余分な手間をかけたりしないことはみなも承知していた。悪態をついた技術者ひとりを除いては。

彼が見守るうちに、技術者たちが縦穴から次々に上がってきた。かたわらの電話が鳴り、作業責任者がタンクのまわりの人々すべてが撤収したことを告げた。

「ありがとう、ご苦労だった、ウィル。これから冷却ポンプを始動させる」

タンクの外殻に霜がつき始めた。マルティーノは動力班の主任に電話した。「テスト準備完了だ、アラン」

「それでは動力を入れます」動力班の責任者が答えた。「これより……三十秒以後でしたらいつでもフルパワー出力できます。成功を祈ります、ドクター・マルティーノ」

「ありがとう、アラン」

彼は受話器を置くと、広大な部屋の古いレンガ壁を見やった。ここには十分なスペースがある。これよりも小さな実験装置で行うことを余儀なくされたアメリカ本土とは違う。クローエンの方程式ではそのサイズの実験装置でも可能だとのことだった。彼が間違っているのはわかっていたが、どこが間違っているのかは証明できなかった。もっと数学を勉強する必要がある。いや、証明はできる。だがクローエンのような人物とわたりあえる者がいるだろうか。自分の過《あやま》ちに気づいたクローエンが何週間も怒り狂っていた姿が今でも忘れられない。

間違いは誰にだって起こるのだ。たとえどんなに優れた学者であろうと。クローエンのミスはクローエン自身にしか発見できない……さて、始めよう。

彼は拡声マイクロホンを取り上げ、ボタンを押した。「テスト」彼の声が建物にわんわんと響きわたる。彼はマイクロホンを降ろすと、テープレコーダーのスイッチを入れた。

「第一回テスト、実験用K88装置第二号」さらに日付を述べる。「動力供給開始――」彼は腕時計を見た。「二千百時間三十二分」彼はスイッチを入れると、手摺《てすり》から身を乗り出して縦穴をのぞきこんだ。そのとたん、タンクが大爆発を起こした。

第十三章

ニューヨークは再び雨の多い夏を迎えていた。灰色の曇り空が続き、たまに太陽が顔を見せても、地平線の端には雨雲が待ち構えていた。不順な天候は全世界に及んだ。北半球の大陸の平野部では熱風が吹き荒れ、赤道の下では雪が降ったり溶けたりを繰り返していた。海は常に荒れ、海岸線では波が速射砲のように激しく、絶え間なく打ちつけ、防波堤に当たっては砕け散った。氷に閉ざされた両極からは氷山が流れ出し、渡り鳥は陸地の近くを飛んだ。アジアでは暴動が起こり、ロンドンでは凶悪殺人が多発した。

ショーン・ロジャーズがニューヨークを出発したのも、そのような土砂降りの一日だった。濡れたアスファルトを走るタイヤはしゃーっと音をたて、ワイパーはめいっぱい稼働しているにもかかわらず、外の世界はぼやけ、揺らめき、動き続けていた。ほとんど車が見当たらないフリーウェイを彼はひた走った。突風が吹きつけるたびに、車体は大きくかしいだ。ニュージャージー州に入るまで風は追いかけてきた。

農場に向かう枝道は拡張され、傾斜もならされ、表面もずっとなだらかになっていることに彼は驚いた。おかげで以前の半分も神経を使わずに運転することができた。

あの男に最後に会ってから五年が経っていた。国境を越えてきた夜から五年、あの男は今何を考えているのだろう。

ロジャーズは毎日送られてくる報告書のファイルを受け取っていた。監視チームはまだ忠実に彼を追いかけ続けていた。ANGの職員たちは彼の農園にミルクを配達し、フェンスのためのワイヤーひと巻を配達し、あるいは男の向かい側の農園で汗水を垂らしていた。月ごとにロジャーズの秘書が男の行動記録を小ぎれいにタイプした報告書を持ってきた。だが、それらに目を通しながらも、ひとりの男の行動を正確に要約し、文書にすることの難しさをいつも痛感させられるのだった。

ロジャーズは無理やり笑みを浮かべてみた。その顔は疲れ、すっかり老け込んでいた。だがそれは人間なら誰しもたどるはずの道ではないか？

あの男はロジャーズが携えてきたニュースをどう受け止めるだろうか？

ロジャーズがカーブを回ると、監視チームの写真ですっかりおなじみになった農場が見えてきた。

農場の片隅に立っているのは、真新しく白いペンキを塗られたばかりの、緑色の鎧戸がついた家だった。芝生はきれいに刈り込まれ、生垣で囲まれていた。家の向かい側には頑丈な納屋が立っている。そのかたわらにはピックアップトラックが駐まっているが、所有者の名前は書かれていない。家の脇には家庭菜園があり、幾何学的な正確さで区切られていた。土壌は黒く、雑草は抜かれ、小石のひとつも転がってはおらず、まるでチョコレートクリームのように滑らかにならされていた。道路の両脇にはリンゴの木が並び、どの枝も剪定され、葉は水しぶきできらめいていた。その脇のフェンスには新しいワイヤーが輝き、杭が垂直に打ち込まれ、どの条もきっちりと平行をなしていた。雨に濡れた畑はどこまでも緑が広がり、水はけをよくするために深い溝が掘られていた。遠くには敷地の境を示す灌木が茂り、小さな水路の終わりを示していた。ロジャーズの車が中庭に入って停まると、納屋の裏から犬が走り出て、雨のなかをしきりに吠え始めた。

ロジャーズはレインコートのボタンを上まで留め、襟を立てた。車から飛び出すと、急いでドアを閉め、裏のベランダに向かって走り始めた。ようやく雨をよけられる場所まで来ると、目の前のドアがいきなり開き、作業着姿の男と一フィートと離れていない距離でまともに顔を突き合わせていた。

男の顔には明らかな変化が見られた。金属の表面は微細な掻き傷や擦り傷で古つやを帯び、金属の光沢をわずかに曇らせ、光を反射する際のまぶしさを和《やわ》らげていた。眼は変わっていなかったが、声には変化が起きていた。前と比べるとくぐもり、かすれ、ゆったりとしていた。

「ミスター・ロジャーズ」

「やあ、マルティーノ」

「どうぞなかへ」男は戸口を一歩脇に寄った。

「ありがとう。本来だったら先に電話を入れておくべきだったが、直接膝を交えて話せはしないかと思ってね」ロジャーズは遠慮がちに戸口のすぐ内側で立ち止まった。「実はどうしても話し合わなければならない重要な問題があって、時間をもらえればありがたいのだが……」

男はうなずいた。「わかりました。こっちも急ぎの仕事があるので、それにつきあってもらえるならば。ちょうど昼食を作ったところです。ふたり分ありますから」

「ありがとう」ロジャーズはレインコートを脱いで、キッチンドアの横のフックにかけた。「その──最近はどうしているのかね」

「おかげさまで何とか。そこに椅子があります。料理を持ってきますから座っていてください」男はカップボードに向かうと、皿を二枚取り出した。

ロジャーズはキッチンのテーブルに座り、所在なげにきょろきょろとあたりを眺めていた。キッチンは小ざっぱりとして清潔だった。シンクの窓にはカーテンがかけられ、床には新しいリノリウムが敷かれていた。水切り台には一枚の皿もなく、シンクはきれいに磨き上げられている。何もかもがきちんと秩序正しく整頓されていた。ロジャーズは男が洗いものをしたり、アイロンをかけたり、カーテンを吊っている姿を思い描いてみた。論理的に考え抜かれた手順で無駄な動きひとつなく、最短の時間で、一連の実験を行っているか、オシロスコープの画面をチェックしているかのような限りない入念さで。毎日毎日、五年間。

男はロジャーズの前に皿を置いた。ゆでたポテトにビーツ、分厚いポークのヒレステーキ。

「コーヒーはどうですか？　いれたばかりですが」

「ありがとう。ブラックでお願いする」

「どうぞお好きなように」カップを置く男の金属の腕からかすかな金属製のノイズが聞こえた。男はロジャーズの向かい側に座ると、一度も顔をあげずに、休むことなく、無言で食べ始めた。さっさと食事を済ませて作業に戻りたがっているのは明らかだった。ロジャーズもできるだけ早く食事を済ませるしかなく、話を始めるきっかけをつかめないでいた。料理はおいしかった。

食事が終わると男は立ち上がり、黙って食器やカトラリーを集め、シンクに運んで水を注ぎ始めた。彼はロジャーズにふきんを手渡した。「これで皿を拭いてもらえますか？　そのほうが早く済みますから」

「いいとも」ふたりはシンクの前に並び、男が洗った皿やカップをひとつひとつ手渡すたびに、ロジャーズは入念に乾かし、水切り台に置いていった。その作業が終わると男はカップボードに皿を戻し、ロジャーズはレインコートをはおった。

「ちょっと待っていてください」男はそういうと、抽斗《ひきだし》を開けて、巻いた包帯を取り出した。邪魔にならないようシャツの袖をまくりあげ、包帯の端を金属の指にはさむと、ゆっくりと腕に沿って巻き始めた。作業服のポケットから安全ピンを取り出し、両端を留める。さらに抽斗からオイルの缶を取り出し、念入りに包帯の上からオイルをかけ始めた。そして作業を終えると抽斗に出したものを戻して閉めた。「どうしてもやっておかなくちゃならないんですよ」男はロジャーズに説明した。「これをしないと、細かい埃や砂が入り込んで、関節部が摩耗してしまうので」

「なるほど」

「それでは行きましょう」

ロジャーズは男について中庭に出た。納屋に向かう途中で犬が走り寄ってきた。男は手を伸ばしてその首を撫でてやった。「おまえの家にお帰り。濡れネズミになってしまうよ。行きなさい、プリンス、いい子だから」

犬は疑わしげにロジャーズの匂いを嗅ぎ、二、三歩ついてきたが、やがて戻っていった。

「プリンス？　あの犬の名前かい？　ずいぶんと立派な犬じゃないか。犬種は？」

「ただの雑種ですよ。納屋の裏に犬小屋があるんです」

「室内で飼ってはいないのかね？」

「番犬ですからね。外にいてもらわなきゃ困るんです。それに室内で暮らせるようにしつけられてはいませんから」男はロジャーズを見た。「犬はしょせん犬ですから。友達が犬しかいない人間は、他人とはつきあえないってことになりますよね？」

「そうとも言い切れないんじゃないか。犬は好きなんだろう？」

「ええ」

「それに引け目を感じると？」

「またしても拡大解釈ですか」

ロジャーズは目を落とした。「ああ、そのようだな」

ふたりは納屋に入ると、男が明かりのスイッチを入れた。納屋の中央にはトラクターが置かれ、そのかたわらには抜き取られたトランスミッションオイルの缶が置かれていた。

男は油にまみれた防水シートを開き、トラクターのそばに引きずっていくと、なかにくるまっていた工具類を広げた。「こいつのトランスミッションを今日中に修理しなくちゃならないんです」と彼はいった。「中古で購入したんですが、前の所有者がギアを欠けたまま放っておいたもので。明日から耕す予定の畑があるので今日じゅうに取り換えなければならないんです」彼はレンチを取り出すと、仰向けになってトラクターの下に滑りこんだ。そしてロジャーズの存在を気にもとめず、ギアボックスのカバーからナットを取り外すことに集中した。

ロジャーズは所在なげにトラクターのかたわらに立ちつくし、トラクターの下で作業する男を見下ろしていた。しばらくしてから座れるものはないかと見回した。納屋の壁に置かれていた箱を見つけると、それを取りにいき、ふたたびトラクターのそばに戻って腰をおろし、男の顔が見えるように身をかがめた。ギアボックスは朝からオイルを抜いていたにもかかわらず、いまだに液体が滴《したた》り落ちていた。男は顔を伝い落ちる汚れたオイルに目と口を耳を固く閉じ、手探りで作業していた。

ロジャーズは座ったまま十分ほど男が手際よくカバーを外していくのを見守った。右手で左手を導きながら、レンチを持った右手でナットをゆるめ、金属製の左手の固い指がそれを外す。やがて男はレンチをかたわらに置くと、たいした苦もなく防水布の上の工具を探り当て、カバーをおろすとナットを全部そこに入れた。左手でギアボックスの内部を探ると、保持スライダーが待ち構えていた右手に落ちてきた。保持スライダーはさかさまになったギアのカバーに受け止められ、左手がギアを台座から叩いて外した。男は身をくねらせるようにして出てくると、目を開けた。

「ここへ来たのはきみに訊きたいことが――」ロジャーズは切り出した。

「あと少し待ってください」彼は立ち上がると、欠けたギアを作業台に運び、光にかざしながら忌々しげにつぶやいた。「機械をまともに扱えない人間に機械を買う資格はない。あんなに優れた構造をしたトランスミッションなのに。あれを故障させることのできる人間がいるなんて考えられない」その口調は怒りを含んでいた。「機械は決して人を失望させはしない。正しく使う手間さえ惜しまなければ。その本来の使い方を、その目的にかなった作業さえすれば。それだけのことだ。必要なのはちゃんと理解することだ。一般人に理解できないほど複雑な機械など存在しない。だが、誰もそれをやろうとしない。機械に理解するほどの価値があるとは思っちゃいないんだ。そもそも機械とはなんです？　たかだか金属片の集まりにすぎない。どれもみなそっくり同じで、いつでも替えようと思えば替えられる。

だが、ミスター・ロジャーズ、あなたにいっておきたいことがある」男は突然納屋の向こうから顔を向けた。明かりを背にしていたので、ロジャーズにはそのシルエットしか見えなかった――男の身体は作業着の不格好な角ばった布地のなかに隠されていた。肩をいからせ、その頭はのっぺらぼうの卵型だった。「たとえそうであっても人々は機械を嫌う。機械はしゃべらないし、トラブルを訴えることもない。機械は作られた目的のこと以外はしない。機械はそこにいて、まかされた仕事をし、どれも見かけはそっくり同じだ——だが、その内部は壊れているかもしれない。そのうちに畑を耕さなくなり、水を汲みださなくなり、ピストンを思いどおりに動かさなくなる。いつだって何が起こるかわからない——だから人間は少しばかり機械を恐れている。そして理解しようとする手間をかけず、さらに粗雑に扱う。だから機械はより早く壊れるようになり、人々は機械を信用しなくなり、いっそういい加減な扱いをするようになる。製造者たちは『いい機械なんて作って何になる？　どうせまた馬鹿なやつらが壊すだけなのに』といい、いい加減なものを作るようになる。そして良い機械が作られることはますます少なくなる。なんと恥ずべきことだろう」

男は古いギアを作業台に置き、交換用の新しいセットを手に取った。まだ怒りが残っている動作で、彼は新しいギアの箱の蓋を乱暴に引きちぎり、ギアを取り出すと、それを手にトラクターに向かった。

「ミスター・マルティーノ——」またしてもロジャーズは声をかける。

「何ですか？」男は防水布の上にギアを順番に並べながら答えた。

今こそそのときが来たというのに、ロジャーズは何と切り出せばいいのかわからなかった。この五年間というもの金属の鎧に閉じ込められてきた男のことを考えると言葉が出てこなかった。

「ミスター・マルティーノ、わたしはＡＮＧの公式な代表として、きみにあるオファーを伝えるためにやってきた」

男は唸り声をあげ、最初のギアを手にすると、トラクターの下に入り、取りつけ作業を始めた。

「正直なところをいえば」ロジャーズは言葉につかえた。「彼らはどう切り出せばいいのかわからなくて、わたしにまかせたのだ。わたしなら誰よりもきみのことを知っているだろうということで」彼は皮肉っぽく肩をすくめてみせた。「だが、わたしはきみのことを知らない」

「誰も知りはしませんよ」男は答えた。「それでANGは何を望んでいるのですか？」

「わたしにはそれをうまく伝えることなどできないと、彼らにはいったんだ。わたしの下手な説明がきみの決断に影響を与えるようなことがあってはならないと」

男は苛立たしげな声を出した。「どうか、単刀直入に」そして彼はかぎりなく細心な手つきで、新しいギアを所定の位置におさめ、次のギアに手を伸ばした。

「その——きみも知ってのとおり、今日の世界情勢はまたしても緊張が高まっている」

「ええ」男はさらにトラクターの奥深くにもぐりこむと、伸ばした右手の助けを借りて、左手で二番めのギアをはめる場所を探り出し、元の位置におさめた。「それがわたしといったい何の関係が？」男は最後のギアを手に取り、それを所定の位置にはめると、固い保持スライドをしっかりとはめ直し、金属の手を使ってできる限り固く締め付けた。そしてギアボックスのカバーからナットをすくい上げ、しっかりと元通りの場所に取りつけ始めた。

「ミスター・マルティーノ、ANGはK88計画の再開を決定した。そしてきみにまたそれをまかせたいといっている」

トラクターの下にいる男はレンチに手を伸ばそうとしたが、オイルまみれの指を滑らせた。彼は半身をひねって左手を伸ばした。指がレンチを握りしめると、金属と金属が触れ合うカチンという音がした。男は身体を元の位置に戻すと、今度はギアボックスの耳つきナットに取りかかった。

ロジャーズが待っていると、しばらくしてから男はいった。「つまりベッサーは失敗したということですか」

「そこまでは聞いていないが」

「そうに違いない。気の毒だとは思いますよ——彼は自分が正しいと本心から思いこんでいたのだから。科学者というものは、客観的で、公正で、証明に基づいて論理を構築するものと思われています。しかし、彼らもしょせんは人の子なんです。ときとして自分のアイディアが間違っているとわかると、ひどく傷つくものなんです」彼はカバーを取りつけ終わり、排出栓を固く締めた。トラクターの下からはい出ると、レンチを置き、防水布をていねいにたたみ始めた。「さあ、終わった」男はそういうと、たたんだ防水布を小脇に抱え、排出した古いオイルの缶を持ち上げ、作業台に向かった。そして工具を戻し、廃油専用のドラム缶に慎重に古いオイルを注ぎ始めた。

彼は棚から新しい半ガロン缶を取り出し、注油口の穴をあけると、トラクターに戻った。注油キャップを外し、缶をさかさまにしてトランスミッションの上から注いだ。「これで明日畑仕事を終えられる。土壌をつねにほぐしておかないと、表面が塊《かたまり》になりやすくなるのでね」

「ANGのオファーを受けるかどうかここで答えるつもりはないのかね？」

男は傾けていた注油口を元に戻し、キャップを締めた。空っぽになった缶を下に置くと、運転台に上がり、ギアがきちんと噛みあい、スムーズに動くかどうかを念入りにテストし始めた。そして作業の出来栄えが納得できるまで、ロジャーズのほうを見ようともしなかった。ようやく男はロジャーズに頭を向けた。「それではわたしがマルティーノだと認めたのですね」

「いや、たぶん――」ロジャーズはのろのろといった。「それだけ困っているということなのだと思う。つまり、きみがルーカス・マルティーノでなかったとしても、彼の代わりを務められるほどの訓練は受けているはずだ。彼らにとってはK88計画をできるかぎり早急に再開することが重要なんだろう。有能な技術者はたくさんいるかもしれないが、天才となるとそうはいない」

男はトラクターから下りると、オイルの空き缶を持って作業台に向かった。腕に巻かれた包帯は床の埃で真っ黒になっていた。彼は作業台の下から五ガロン缶を引っ張り出し、キャップを外すと、包帯をほどき始めた。ガソリンの強烈な臭いがロジャーズの鼻孔をひりひりさせた。

「どうやってわたしだということがわかったんだろうかと思っていたんですよ。自分自身でさえわからなかったのに」彼は包帯をガソリンの中に浸した。そして両手で包帯をきれいになるまで洗い、乾かすために近くの釘にかけた。

「もちろんこれからもきみは監視下に置かれる。そしておそらく警備もつくようになると思う」

「別にかまいません。あなたの部下が四六時中ここにいようと」彼はガソリン缶の底からブリキ製のカップを取り出した。そして腕に沿ってガソリンをかけ、腕をねじったり、伸ばしたりしながら余すところなく洗浄した。さらに棚から剛毛のブラシを取り出すと、明らかに熟達した手つきで、入念に、かつ順序立った手順で腕を洗い始めた。ロジャーズはその姿を見ながら、あらためてこの仮面の下にはどのような頭脳が息づいているのかと思わずにはいられなかった。ついにANGが迎えにきたというのにそこには怒りも、苦々しさも、勝利の喜びも感じられない。「でも、わたしにはできません」男は答えた。オイル缶を取り上げると、今度は腕に潤滑油をさし始めた。

「なぜ？」ロジャーズははじめて男の冷静さの仮面が崩れかけるのを見たように思った。

男は困惑したように肩をすくめた。「わたしにはもうあんなことはできない」包帯が乾いたので、男はふたたび腕に巻きつけた。ロジャーズとは目を合わせようともしなかった。

「何をためらっている？」ロジャーズが訊ねる。

男はまるでそちらのほうが安全であるかのように、トラクターに歩み寄った。

「いったいどうしたというんだ、ミスター・マルティーノ？」

男は左手をトラクターのボンネットに置き、開いた納屋の戸口の外を見た。「ここでの生活はとても充実しています。自分の土地を耕し、あるべき姿に近づけつつある。わたしはあちこちを修繕しなければならなかった――わたしが戻ってきたときここがどんな状態だったか、あなたもご存じのはずです。やるべきことはたくさんありました。あちこちを修復しなければならなかった。あと十年もすればわたしの望む形になるでしょう」

「そのときには死んでいるかもしれない」

「わかっています。でも、どうでもいい。考えたこともありません。重要なのは――」男がトラクターのフードを優しく叩いた。「重要なのは、わたしが常に働き続けているということなんです。農場というもの——そこにあるものすべて——は絶えず成長と腐敗の境目にあります。土地を耕し、作物を育てるということは、土地から奪い取っていることでもあるのです。そのためには栄養をやり、水を引き、石灰をまき、水はけをよくしてやらなくてはなりません。だが、土地はそのことを知らない。だから、土地から奪っただけのものを返してやらなければならない。フェンスの杭は腐り、建物の土台は崩れ、雨は漏り、ペンキは剝げ、作物は枯れて腐り始める——そうならないためにはひたすら働き続けるしかない。毎日、一日じゅう、少しでもいい状態にするために。朝起きれば、昨夜のうちに起こったことの埋め合わせをしなくてはならない。それ以外のことにはとても手が回りません。よけいなことを考える暇もない。なのにあなたは突然あらわれてK88計画に参加しろという」男の手がトラクターをばんと叩き、金属音が納屋じゅうに響きわたった。その声は苦渋に満ちていた。「わたしはもう物理学者ではない。わたしは農民なんです。今さら現場に戻ることなんてできやしない！」

ロジャーズはゆっくりと息を吸いこんだ。「わかった——戻ったらそう伝えよう」

男はふたたび穏やかな口調に戻った。「これからどうなるんですか？　あなたの部下はわたしの監視を続けるのですか？」

ロジャーズはうなずいた。「申しわけないがそうなるだろう。きみが墓場に行くまで見守り続けることになると思う」

男は肩をすくめてみせた。「もう慣れましたよ。こちらには見張りの人たちに危害を与えるようなものは何もありません」

いや、そうじゃない、とロジャーズは思う。きみはもう無害な人間だ。きみを監視しているおれも無用な人間なんだ。おれはいつか向かい側の農場で人生を終わることになるのだろうか？それともK88計画に携わるチャンスを見過ごすということなのか？だが、現場でわれわれの目を欺き続けることができないような人物を送りこむようなリスクをやつらが冒すだろうか？

ロジャーズの口がぴくりとひきつった。あと一度だけ――あと一度だけ、そしてこれまで何千回と繰り返されてきた、あの意味のない質問が彼の頭に浮かんだ。何かが血管をふつふつとわきあがり、彼はかすかに身震いした。おれは年老いていく、と彼はひとりごちた。そして自分ではわかっているつもりでも、決して答えが得られることはないのだ。

「マルティーノ」彼は思わず呼びかけていた。「きみはマルティーノなのか？」

男が頭を向けると、オイルの膜の下から金属が鈍く光を放った。彼はしばらく何もいわず、頭を左右に動かしていた。まるで何か失ったものを探し求めているかのように。そしてトラクターに置いた手を固く握りしめ、肩をいからせた。その声が深い響きを帯びる。まるでとてつもなく困難で誇り高い何かをなしとげた若かりし日を思い出したかのように。

「いいえ」

第十四章

一

アナスタス・アザーリンはぬるくなった紅茶のグラスを掲げ、スプーンが邪魔にならないように人さし指で押さえてから、一気に中身を飲み干した。そして机の端のいくつもの丸いグラスの染みがついた場所に置くと、スプーンが音をたてた。すぐにオフィスの外から当番兵がやってきて、グラスを取り上げ、紅茶を満たし、アザーリンの手の届く位置に置いた。アザーリンはそっけなくうなずいた。当番兵は踵をかちりと合わせると、回れ右をして出ていった。

アザーリンは部下が去っていく姿を見ながら、その唇の片端をつりあげ、満足げなしかめ面を浮かべてみせた。とたんに顔じゅうがくしゃくしゃになったが、それは出てきたときと同じようにすぐ消えた。このわずかなあいだに、彼の印象はがらりと変わった。つい先ほどまでそれはあけっぴろげで、寛大で、親しげだった。だが、いったんしわが消えると、農民アザーリンの面影はかき消えていた。出世の階段をのぼっていくうちに、アザーリンが身につけていったものをそこから読み取ることもできるだろう。冷酷さ、有能さ、そして非情さを。

彼はふたたび週ごとの管区別状況報告書に目を戻し、その太い、ニコチンに染まった指で文字をたどりながら唇だけを動かして読んでいた。

みなが彼の旧式なサモワールを笑いものにしていることはわかっていた。だが、そのグラスが空になったままだとどうなるか、当番兵にはわかっていた。アザーリンが文章を音読するのを冗談のタネにしている連中がいるのもわかっていた。だが、万が一報告書にミスでもあれば、どうなるかも彼らはわかっていた。

アナスタス・アザーリンはいわゆるエリートたちのアカデミー出身ではなかった。彼は黒板に板書したこともなければ、ノートを綴り方で埋めたこともなかった。彼らが制服の尻で教室椅子を磨いているころ、アザーリンは父と戸外に出て斧をふるい、暗い森のなかで巨大な丸太を引きずっていた。彼らが役人の試験を受けているころ、彼はタイガで労働者の一団を監督していた。彼らが職場の机にかじりついているころ、彼は満州で小柄な茶色い肌の男たちと粗末な米を食していた。彼らが配偶者とともに家でくつろぎ、新聞をめくりながら昇進を夢見ていたとき、彼は前線の救護所でチフスにかかって死にかけていた。

そしていまや自分の机と、ピンク色の頬に大きく目を見開き、紅茶を満たし、踵を合わせる当番兵を持つ身分に彼はなった。冗談をいえるのはこの自分であって彼らではない。笑うことができるのは、この自分であって彼らではない。彼らはみな取るに足らぬ者たちであり、彼こそはこの地区の統括司令官だった。アナスタス・アザーリン大佐。ソビエト社会主義国国家情報局ポルコヴィニク・アザーリン閣下だ。

彼は報告書に目を落としながらつぶやいていた。さして新しいことは見当たらない。あいかわらず連合国側の機密保持は徹底していた。このアメリカ人科学者マルティーノだが、彼は実験室でいったい何をしているのだろう？

同じアメリカ人ヘイウッドもそれを知らなかった。連合国政府の地位を利用して、ヘイウッドはマルティーノの研究所をアザーリンの管区近くに設置するよう取り計らったが、彼にできたのはせいぜいそこまでだった。ヘイウッドはマルティーノとは旧知の仲であり、マルティーノが何か重要な実験に――二十フィートの高さの天井と、八百平方フィートの床面積が必要なほどの――携わっていることを知っていた。それがK88計画と呼ばれていることも。

アザーリンは顔をしかめた。マルティーノという人物の重要性についてはよくわかった。だがこのK88とはいったい何なのだ？　なんと中身のない呼称なのだろう？　アメリカ人ヘイウッドは自分の得たデータを偉そうにくっちゃべっていたが、実質的に中身は無いに等しかった。ANGの内部セキュリティ・システムはヘイウッドのような地位にいる者でさえも、立ち入ることができないほどの水も漏らさぬ徹底ぶりだった。それ自体はソビエト側にしても同じであるが。ひとつだけたしかなのはK88をソビエト政府にもたらすのは、小型精密カメラを携えたなまっちろい肌のスーパー秘密諜報員などではないということだ。それはこのアザーリン、枯れ木を倒して蜜を探す熊のごとき、農民の小倅《こせがれ》アナスタス・アザーリンでなければならない。

それにはマルティーノ本人から訊きだす必要がある。それ以外の方法は考えられなかった。新《ノヴォヤ》・モスクワが電話口でなんといおうと、これ以上に早い方法はないのだ。マルティーノの実験室に誰かを送りこむなどということは考えられなかった。ときとして待つしか方法がないこともある。万が一にでも、彼が国境線近くにふらふら迷いこむようなことがあれば、ただちに暗闇で彼を拉致できるように部下を待機させている。いざとなればワン・ツー・スリーで彼をここに連れてくる。マルティーノは訊問を受けてから解放されるだろうが、あくまで連合国側が動きだす前にすべて済ましておく必要がある。そうすれば連合国側のK88計画は無用の長物と化す。そしてアメリカ側の憎むべきロジャーズがいかに知恵を働かせようと、最後にはアナスタス・アザーリンのほうが優れていることを思い知らされるのだ。だが、それまでは誰も彼も――アザーリン自身もノヴォヤ・モスクワも待たなければならない。いつか訪れるかもしれないその日まで。

机の電話が鳴った。アザーリンは素早く受話器を取る。「ポルコヴィニク・アザーリンだ」彼は唸るように応じた。

「ミスター・ポルコヴィニク――」それは部下のひとりだった。アザーリンはその声から名前を探し求めた。そして思い出した。

「なんだ、ユング？」

「例のアメリカ人科学者の施設で爆発事故が起こりました」

「すぐに人を派遣しろ。アメリカ人を捕まえるのだ」

「もうすでに向かっています。次にどうすればいいでしょうか」

「次だと？　もちろんやつをここに連れてくるのだ。いや――ちょっと待て。爆発事故といったな。だったら陸軍病院に連れていけ」

「はい。やつが生きていることを願いますね。これこそはわれわれが待ち望んでいたチャンスではありませんか」

「そうだな。まずはわたしの命令を伝えろ」

アザーリンは受話器を戻した。まずいことになった。考え得るかぎり最悪の事態だ。もしマルティーノが死んでいるか、あるいは何週間も訊問できないほど重傷を負っていたとしたら、ノヴォヤ・モスクワは面白く思わないだろう。

二

車が病院の正面玄関に到着するやいなや、アザーリンは飛び出し、急ぎ足で階段をのぼった。彼はつかつかと正面ドアを過ぎると、ロビーで待っている医師のもとへ大股で歩み寄った。

「アザーリン大佐ですか？」小柄な細身の医師が、わずかに身をかがめて挨拶した。「わたしは医師のコトゥといいます。お国の言葉がうまく使えないのをどうかお許しください」

「いやいや、十分に伝わっているよ」アザーリンは小男の顔に嬉しそうな驚きが浮かぶのを期待しながらいった。予想どおりの表情が浮かぶのを見て、彼は医師にますます好意を抱いた。「それで——例の男はどこに？」

「こちらへどうぞ」コトゥはふたたびお辞儀すると、エレベーターに向かって歩き出した。あとについて歩くアザーリンの顔に笑みが浮かぶ。いかにも単純そうに見えるアナスタス・アザーリンが、大学で学んだ連中よりも優秀だということを見せつけてやれるのは、彼にとってこのうえもない喜びだった。またその言語を学んだのがどこぞの博士の書物からではなく、ジャングルの沼地で足に吸いつくヒルを焼き殺しながらであることも誇りに思っていた。

「男の状態はよくないのか？」別の廊下に足を踏み入れながら、アザーリンは医師に訊ねた。

「かなりの重傷です。一時的ではありますが、仮死状態におちいりました」

アザーリンはさっと医師のほうを見た。

コトゥは医師としてのプライドを滲《にじ》ませてうなずいた。「彼は一度救急車のなかで死んだのです。幸いなことにある条件下では、もはや死は永続的なものではありません」彼はアザーリンを白タイル張りの部屋の壁に取りつけられたガラスの一枚窓の前に連れていった。そのなかにはまだ衣類の残骸を張りつけ、血まみれになった男の身体が大小さまざまな医療機器に囲まれて横たわっていた。

「もう危険な状態は脱しています」コトゥは説明した。「あちらにあるオートインジェクターが体内に血液を送りこみ、人工腎臓によってろ過されています。こちら側にあるのが人工肺です」本来は壁の定位置に並んでいるべき医療機器は、手当たりしだいに集められたためにいささか無秩序に並べられている。男のまわりには医師や看護師たちが集まり、それぞれの機器の作動状況を注意深く観察し、ほかの医師たちは裂けた血管をクランプで留め、腕のちぎれた左肩に圧搾《あっさく》を加えていた。アザーリンが見守るあいだにも、衛生兵たちがばらばらに置かれた機器類を秩序正しく並べ始めた。救急治療は終わり、通常の医療体勢に戻りつつあった。看護師は腕時計を見ると、血液を新鮮なものと交換している容器に目をあげた。

アザーリンは内心の動揺を悟られまいとしかめ面を浮かべた。これ以上悲惨な光景を見続けるのはかなりの苦痛だった。人間というものは本来その中身を皮膚で覆い隠すようにできている。人間を見ているときは、その下の生命を維持するためのぬらぬらする器官が胸糞悪い動きをしているところを見はしない。人間がこのようにむきだしにされ、恐るべき、精通した知識の持ち主である──それゆえにおぞましい──コトゥのような医師が、なめらかな肌の下に詰め込まれたぬらぬらしたものを引っ張ったり押し込んだりするのを見ているのは……。

アザーリンはかたわらにいる小柄な褐色の医師にあえて視線を投げた。コトゥはこのようなおぞましい仕事をいともたやすくやってのける。このアナスタス・アザーリンでさえも、あの男のように横たわり、中身をむきだしにされ、コトゥのような者たちに思うがままに蹂躙《じゅうりん》されることだってあり得るのだ。

「上出来だ」アザーリンはぶっきらぼうに答えた。「だが、このままでは使いものにはならんな。彼はしゃべれるのか？」

コトゥは首を横に振った。「彼の頭部は粉々に砕け、感覚器官の多くは失われています。しかし、ここにあるのはあくまで応急処置用の機器で、どの救急病棟でも使われているものです。二か月もすれば新品同様の体に戻りますよ」

「二か月だと？」

「アザーリン大佐殿、あそこに横たわっている、かろうじて人間の形をとどめているものをご覧になったでしょう」

「ああ――たしかにそうだな。彼を手に入れることができただけでも幸運だったというべきだな。まだ動かすのは無理だろうな？　たとえばノヴォヤ・モスクワの大きな病院に移すといったことは？」

「そんなことをしたら死んでしまいますよ」

アザーリンはうなずいた。まあ、悪いこともあればいいこともある。これでマルティーノを彼の手元から奪われる心配はなくなった。これをやり遂げるのはアナスタス・アザーリンでなくてはならない。木から蜜をはぎ取るこのアナスタス・アザーリンの。

「結構。どうか最善をつくしてくれ。そしてできるだけ早く」

「もちろんですとも、大佐殿」

「もし何か必要なものがあったら、いつでもわたしに連絡をくれ。必ず便宜ははかると約束する」

「はい、ありがとうございます」

「礼をいう必要はない。わたしにはこの男が必要なのだ。きみは全力を尽くしてこの男をわたしのもとによこしてくれればいい」

「はい、大佐殿」コトゥ医師はそういいながら、ふたたびわずかに腰をかがめた。アザーリンはうなずくとその場を離れ、ブーツの音を重々しく響かせながら廊下からエレベーターへと向かった。

階下で彼は情報局兵士の一団を連れて車で乗りつけたユングと落ち合った。アザーリンは警護の兵士たちに細かい指示を与え、病院の救急病棟を立ち入り禁止にするよう命じた。すでに頭のなかではこの話がどう伝わっていくかを思いめぐらしていた。救急隊員には口封じをしなければならないだろう。病院の職員から漏れる可能性もあるし、入院している患者が何が起きているのか推測を働かせることも考えられる。こうした漏洩《ろうえい》の可能性をすべて封じておく必要があった。アザーリンは車に戻りながら、今回の仕事の複雑さをあらためて認識し、これを遂行するためにはどれだけの能力が必要となるのかを考えざるを得なかった。そして遅かれ早かれ、アメリカ人ロジャーズがそれらをすべて無に帰してしまうことも。

かくして五週間が経った。五週間というものアザーリンは何ひとつ得ることがなく、マルティーノにはそのことを知るよしもなかった。

三

マルティーノが目の焦点を合わせようとするたびに、眼窩《がんか》がかすかにブーンと鳴るのを感じた。その正体を突き止めようとしたが、身体の衰弱が激しく、力無く感じられた。その感覚は戸惑うばかりで、起きてから実際に目が見えるようになるまで一時間を要した。

その間彼は動くこともできずじっと横たわり、耳を澄ましていたが、耳もまた正常に機能していないことに気がついた。音が急に近くに、あるいは遠くに聞こえ、その聞こえてくる位置も毎回定まらなかった。あらたな刺激が耳に届くたびに、かすかな痛みが顔に走った。まるで顔自体が聞こえてくる音に共鳴しているかのようだった。

口のなかにも何かがはめられていた。舌で触ると、固い滑らかな金属と、つるつるしたプラスチックの感触がした。きっと副木《スプリント》のようなものだろう。顎が砕けたのだ。動かしてみるといいあんばいだった。おそらくは牽引式スプリントだろうか。

それが何であるにせよ、上下の歯が接触するのをはばんでいた。顎を閉じると本来なら感じるはずの嚙み合わせの代わりに圧力と抵抗のようなものが感じられるだけだった。

シーツは暑苦しくざらざらと感じられ、胸には締めつけられるような圧迫があった。分厚い包帯が背中でごわごわしているのが感じられる。右の肩を動かそうとすると激しい痛みに襲われたが、とりあえずは動いた。さらに右手の指を閉じたり開いたりしてみた。異常なし。今度は左の肩を動かしてみようとした。何の感覚もない。これは深刻だ。

彼はじっと横たわり、左の腕は失われたのだという事実を受け入れることにした。彼は右利きだったし、失われたのが片腕だけならラッキーだといわねばなるまい。彼は体のあちこちをテストした。そろそろと腰だけを上げてみる。腿やふくらはぎの筋肉を動かし、足の爪先を曲げてみた。麻痺はない。

自分は運が良かったのだと思うと、さっきよりは気分も良くなった。ふたたび眼の動きを試してみることにする。あのブーンという音が起こり、不快感をもたらしたが、今度は焦点が結べるまで我慢した。眼をあげると青い天井の中央に青い明かりが輝いているのが見えた。光がまばゆすぎて目障りだったが、すぐに自分が瞬きをしていないことに気がつき、瞬きを何度かしてみると、天井と明かりが黄色に変わった。

視野にも変化が起こっていた。足元を見るとシーツは黄色になっていた。ベッドの骨組みは黄色がかった白に、壁も黄味を帯び、床から肩の高さまで褐色の帯が入っていた。ふたたび瞬きすると、部屋は暗くなった。天井を見上げると、まばゆい明かりがあった場所には、かすかな光がともっているだけで、まるで鉛グラスを通して見ているかのようだった。

後頭部にあたる枕の感触は感じられなかった。病院独特の消毒の匂いもない。ふたたび瞬きすると今度は視界がはっきりした。左右に目を動かすと、目の端の視界に、かすかに湾曲した金属の断片のようなものがうつるのを見た。まるで顔全体が独房のドアのスリットにはめこまれたかのようだ。彼は右手をそろそろと動かして、顔に触れてみた。

四

かくして五週間――マルティーノは何も知らぬまま、アザーリンは何ひとつ成果をあげられないまま――が経過した。

アザーリンは受話器を片手で持ち、もう一方の手で机のうえの象嵌《ぞうがん》細工を施した白檀《びゃくだん》の箱を開けた。彼は金色の吸い口のついたパピロッシュ煙草を選び、邪魔にならぬように唇の片端にくわえた。そしてデスクの永久マッチの箱から飛び出ている一本をぐいと引いた。だが箱のなかの火打石を点火させるには力が足りなかったのか、火が点《つ》かなかった。彼は再度マッチを箱に戻して点火しようとしたがやはりできなかった。彼はマッチ箱をデスクからはたき落として、ゴミ箱に捨てた。デスクの抽斗を開けて、ふつうのマッチ箱を取り出し、口付き煙草に火を点ける。その唇は煙草をくわえながらしゃべるためにきつくゆがめられていた。

「ええ、こちらとしても連合国側がこの男を戻すよう多大な圧力をかけてくることは承知しております」ノヴォヤ・モスクワからの電話は遠かったが、あえて声を張り上げることはしなかった。その代わり彼は声に機械のような冷たさを加えた。あたかも意志の力を電話線越しに伝えようとするかのように。彼はこれほどまでに早くロジャーズがマルティーノの居所を突き止めたことに心のなかで罵り声をあげていた。そのような男のことは知らないと突っぱねることだってできる。だが、相手が病院名まで特定してくるとなれば話は別だ。それは稼げるはずの時間を失うことを意味していた。そもそも時間的な余裕などなかったのだ。それにこれまで、ロジャーズ相手に機密事項を長く隠しおおせた試しはなかった。

そうなったらそうなったで仕方がない。とりあえずはこの電話をなんとかするまでだ。

「最終的な手術は明日になる見込みです。それとて最短の場合ですが。手術後も二日間は訊問するのは不可能でしょう。ええ、遅れの原因は医師側にあります。彼らにいわせれば男が生きているだけでも幸運であり、自分たちはそのために必要な処置をしているまでだとのことです。マルティーノの状態は非常に危ないものでした。どの手術ひとつとっても非常な細心さをはらって行われ、とりわけ神経組織の再生については最新の技術をもってしても、非常に時間がかかるものと聞いております。ええ、わたしの意見を申し上げるなら、コトゥ医師は相当な腕の持ち主であります。それについてはそちらの司令部から送られた身元証明の文書でも確認しております」

アザーリンはこれがちょっとした賭けだということを意識していた。中央司令部はそれが表面的な理由のあるものであろうとなかろうと、干渉してくるに違いない。だが、しばらくの猶予はあるはずだ。コトゥ医師とその医療スタッフをこの病院に派遣したのは彼らであり、ここは軍部の施設なのだ。自分たちの信用を落とすようなまねはしないだろう。彼らはアザーリンがもっとも優秀な軍人であることを知っている。中央司令本部では誰ひとり彼を笑ったりする者はいない。彼らはアザーリンの軍歴を知っているからだ。

さらに彼には上層部を相手に賭けに出る余裕さえあった。それはいつの日か彼らに肩を並べようと画策し、その日に備えている人間にとって、やってみる価値のあることだった。

「はい、あと二週間はいただきたいのです」アザーリンが口つき煙草の吸い口を嚙むと、金色の厚紙の殻になったフィルターがこなごなに砕けた。彼はそれをそっと嚙み、歯のあいだから煙を吸い込みながら答えた。「ええ、すでに充分遅れていることについては承知しております。もちろん国際情勢は常に念頭に置いております」

よし。上層部は彼にしばらく任せるつもりだ。いっときアザーリンは満足感を味わった。

だが、いまだにどこから訊問を始めればいいのか見当もつかないことが、彼の心に不安をもたらした。基礎工事の土台となるべき最初の一片ですらまだできていないのだ。

アザーリンは顔をしかめた。うわのそらのまま彼は「それでは失礼します」とだけいって受話器を置いた。そして両肘をついて机のうえにかがみこんだ。口付き煙草を右手の親指と人さし指にはさんだまま。

自分が職務に有能だということは充分心得ている。だが、このような事態に出くわすのは初めてだった。それはノヴォヤ・モスクワも同じであり、いくらかの救いにはなるが、現在当面している問題の助けにはならなかった。

これが通常の一時的拘留ならほとんど手順は決まっていた。対象者は限られた時間のなかで、巧みにできるかぎりの情報を吐き出させられる。ほとんどの場合は役に立たない。だが、なかにはそれ以上のものもある。通常の場合、対象者はできるだけ早く解放する。より大きな目的があって連合国側を刺激することが望ましい場合を除いては、なるべくよけいな波風を立てないほうがよかった。このようなことで連合国側の機嫌を損ねれば、連中はどんな規模の報復を仕掛けてくるやもしれず、場合によってはこちらの対抗手段では歯がたたないような戦略を持ち出しかねない。それと同じように、人間に対しても使わないほうが賢明な手段というものもあった。捕虜を悪い状態で返したりすれば、続く数か月は揉めごとになるだろう。

だから通常は一日か二日で捕虜は連合国側に引き渡される。するとロジャーズは一日か二日でアザーリンが聞き出したことを探りだす。毎度同じことの繰り返しだ。アザーリンが何か有力な情報を得たとしても、即座にロジャーズはそれを無効な情報にしてしまう。アザーリンにいわせればとてつもない時間とエネルギーの無駄遣いだった。

だが、このマルティーノについて彼は何を得たのだろう。K88と呼ばれる何かを創り出した、表には出てこないが高い専門的評価を受けている、とだけしかわからない。アザーリンは今一度自分の生きている時代を呪わずにはいられなかった。そしてアナスタス・アザーリンのような優秀なプロフェッショナルが、ヘイウッドのごときへまなアマチュアの仕事の尻ぬぐいをさせられることに腹を立てた。

アザーリンは激しい怒りに駆られて机を見下ろした。当然のことながらノヴォヤ・モスクワは自らの過ちであることに目をつぶろうとしていた。彼らはアザーリンに結果だけを求めている。おまえは情報将校だろう？　いったい何がそんなに難しいのだ？　なぜ五週間もかかっているのか？　文官どもはいつもそうだ。彼らには「綱領」がある。その「綱領」がどう処置すればいいかを教えてくれる。だから、その本が書かれた一九一四年と一九四一年と同じ処置が今回も適用されるのだ。

誰ひとりこの男について知らない。彼が何かとてつもないものを発明したという以外には。彼についてのファイルにはマサチューセッツ州ケンブリッジの工科大学在学中の記録以外何もなかった。罵り声をあげながら、アザーリンはソビエト情報局にも映画に出てくるような超人スパイが実在すればいいのにと思わずにはいられない——大胆で超人的な頭脳をもつ諜報員、コンクリートの壁もやすやすと通り抜け、アルファベット順に並んだ連合国側の機密がごっそり詰まった——その情報はなんとも都合よくキリル文字に転化している——地下室にも忍び込めるような人物が。自分のスタッフにそのような連中がいたらさぞかし愉快だろう。彼らのもたらす情報は完璧なまでに正確で、正確に訳され、他の諜報員によって確認する必要もない。これまで送り込まれたことのないような、そして何よりもロジャーズでさえ歯が立たないような人物。もちろんそのような人材も存在する。だが、あまりに数が少ないためすぐに教官や幹部になってしまうのだ。

そしてこのマルティーノなる人物、両陣営に共通する強固な保護下にあった人物が彼の手元にいた。アザーリンはかねてから、このK88を未完成で時代遅れな情報のジグソーパズルにしてやり、誰にでも解けるようなものに貶めることをもくろんでいた。だが、このような形で望んでいたわけではなかった。

かくてマルティーノは彼の手中にあった。すでに五週間も無駄な時間を過ごしてしまっている。瀕死の重傷を負い、ベッドから動けない状態で、すぐには戻せないと連合国側に説明する恰好の口実となっている。その人物の利用価値はとてつもなく高く――それゆえにすぐにも帰還させるか、引き留められるだけ引き留めておかなければならない存在であるが、そのどちらもすぐにはできない状態にある。

現状はほとんど喜劇的な様相を帯び始めていた。

アザーリンは口付き煙草を吸い終えると、吸殻を灰皿でこなごなに揉みつぶした。決して見込みがないわけではない。彼はすでにおおまかな計画のアウトラインを描き、それに沿って行動を開始していた。必ずや成果はあげてみせる。

だが同時に、ロジャーズもまた人間離れした頭脳の持ち主であることを知っていた。ロジャーズはここで起こっていることに気づいているに違いない。ロジャーズが彼のことをあざ笑っているかもしれないと思うと腹立たしかった。

五

マルティーノの病室の入口から看護師が顔をのぞかせた。彼はのろのろと腕を脇におろした。看護師の姿が消えたかと思うと、すぐに白衣とスカルキャップをつけた男が入ってきた。痩せ型で小柄、オリーブ色の肌に縮れた髪。のみで彫ったような美しい歯並びに瘤のような顎をした男は笑みを浮かべてマルティーノの脈を取った。

「お目覚めになったようで良かった。わたしは担当医師のコトゥです。ご気分はいかがですか？」

マルティーノはゆっくりと頭を左右に振った。

「なるほど。だが、仕方がなかったのですよ。他にどうしようもなかったのです。頭蓋のごく一部しか残っておらず、感覚器官は大部分失われていました。幸いなことに深刻な損傷は重度の閃光火傷だけだったので、脳組織を長い時間熱にさらさずにすみました。そしてそれに伴う震盪《しんとう》性ショックがあなたの頭骨を粉砕から救いました。聞いていて愉快な話ではないと思いますが、起こり得たダメージを考えると、影響は最小限に食い止められました。腕の片方は残念ながら金属の破片で切断されてしまいました。さて、何かしゃべってみてもらえますか？」

マルティーノは医師を見上げた。看護師が飛んでくるような悲鳴をあげたことを彼はまだ恥じていた。自分が今どのような姿をしているのかを頭に思い描いた――明らかに体の多くの組織が機械に置き換えられているさまを。そして自分がどうやってあの悲鳴をあげたのか思い出せないことに気がついた。彼はしゃべるために肺に空気を吸いこもうとしたが、肋骨の下に何かが回転しているような感覚があるだけだった。あたかも小さなホイールかタービンの羽根が回っているかのような。

「無理をする必要はありませんよ」コトゥ医師はいった。「ただ、しゃべればいいんです」

「わたしは――」喉の奥にはまったく違和感がなかった。人工声帯を通した震える声が出てくるものと予想していたが、声はまったく元通りだった。だが肺の空気を吐き出すときの肋骨の沈下も起こらなかったし、横隔膜が空気を押し出すこともなかった。それはまるで夢のなかでしゃべっているかのようにスムーズで、そのまま段落で止まることなく何日も、それどころか永遠にだってしゃべっていられそうな気がした。「わたしは――いち、に、さん、し。一、二、三、四。ド、レ、ミ、ファ、ソ、ラ、シ、ド」

「結構です。ありがとうございました。それでは、わたしの姿ははっきりと見えていますか？　わたしが一歩下がって動きまわっても、わたしを目で追い、焦点を合わせることはできますか？」

「はい」だが、顔の下でモーターが動く感覚があり、思わず腕を伸ばして鼻梁《びりょう》をマッサージしたい感覚に襲われた。

「結構。あなたはもう一か月以上ここにいるのをご存じですか？」

マルティーノは首を振った。誰も彼を取り戻そうとしなかったのか。それとも死んだと思われているのだろうか？

「あなたを投薬による鎮静状態に置くことがどうしても必要だったのです。わたしたちがどれほどの治療を施したのか、あなたにもおいおいわかっていただけると思いますが」

マルティーノは胸と肩を動かしてみた。ひどくぎこちなく、不安定で、内部に奇妙な無力感のようなものすら覚えた。胸は石がぎっしり詰め込まれていた空の袋のように感じられた。

「それは大変な手術だったのですよ」コトゥはその偉業を誇らんばかりにいった。「フェルストフ医師は人工頭蓋の交換に素晴らしい腕を発揮してくれました。そしてホー医師とジャンスキー医師は脳の中枢と人工感覚器官への接続を担当しました。臨床技師のデブレット、フォンテン、ワッシルは腎臓と呼吸器組織を、主治医であるわたしは最先端の技術をもって神経組織の再生を担当させていただきました」彼はここで少し声を落とした。「どうかあちら側に戻られたら、わたしどもの名前を伝えてもらえますか？　もちろんあなたの名前は存じませんが」彼は急いでつけ加えた。「あなたの身元についても同じです。しかし、わたしたち医療専門家にだけわかる特徴というものがあります。たとえばわたしたちの側では種痘は右腕に三か所行います。いずれにせよ――」コトゥはここでためらいを見せた。「あなたに施した治療はわれわれの最先端かつ最高級の医療なのです。だが、われわれの側では、とりわけ最近ではほとんどそうしたことが公にされることはありませんので」

「承知しました」

「ありがとうございます。わたしたちの側ではそれは多くの人々が、めざましい科学的業績をあげています。だが、あなたたちの側はまだそれをご存じない。もしそれを知ったら多くの人々がわれわれのもとに駆けつけるでしょうね」

マルティーノは何も答えなかった。しばらく気づまりな沈黙が続いたのち、コトゥ医師が口を開いた。「さて、あなたに最終的な措置を施すときがきました。あとひとつだけ残っている手術があり、わたしたちもそれに全力を注いであたるつもりです——あなたの腕の装着を」医師は入ってきたときと同じように笑みを浮かべてみせた。「これから看護師を呼び、手術の準備をさせます。また手術室でお会いしましょう。これが終わればあなたは完全に元どおりの体になります」

「ありがとうございます、先生」

コトゥが出ていくのと入れ違いに、看護師が入ってきた。ふたりともごわごわに糊のきいた真っ白な分厚い制服に身を包み、額にきっちりと巻きつけられたヘッドドレスで肩まで覆い、髪を完全に隠していた。肌はいささかきめが荒いが、ぴかぴかに磨かれ、無表情だった。どちらもまるで看護学校で教えられたかのようにぎゅっと唇を引き結び、化粧はしていなかった。連合国側に見られるような女性らしさの基準となる手がかりがまったくないので、彼女たちの年齢を正確に推し量るのは難しかった。ふたりは彼の服を脱がせ、身体を洗ったが、互いに対してもマルティーノに対しても終始無言だった。左肩の傷口にあてられているガーゼを外し、色のついた消毒液を縫って、ふたたび清潔なガーゼをあてると軽くテープでとめ、ひとりが運んできた手術用のカートに彼の身体を移し替えた。

ふたりはてきぱきと仕事を進め、無駄な動きはいっさいせず、効率的に仕事を分担していた。彼女たちは肉体と技術の粋を越え、自ら完成させた完璧なアートを施すチームだった。マルティーノがいようがいまいが彼女たちには関係なかった。

マルティーノは彼女たちの仕事を妨げないよう無抵抗にじっと横たわり、まるで実習用のダミー人形のように扱われるのに甘んじていた。

六

しきりに話しかけてくるコトゥ医師をかたわらに、アザーリンは大股で廊下を進みながら、マルティーノの病室に向かっていた。

「はい、大佐殿。まだ体力的に回復しているとはいえませんが、あとは充分に休養すればもう大丈夫です。すべての手術は大成功におわりました」

「長くしゃべることはできるのか?」

「今日はおそらく無理かと思われます。もちろん話題にもよりますが。過度なストレスは悪影響を与えるでしょう」

「それはやつ次第というところだな。このなかにいるのか?」

「はい、大佐殿」小柄な医師がドアをぱっと開けると、アザーリンは病室につかつかと踏み込んだ。

突然、アザーリンはまるで腹に銃剣が突き刺さった人間のようにぴたりと止まった。彼はまじまじとベッドにいる忌まわしいものを見た。

マルティーノはシーツを胸まで引き上げて、彼を見返していた。金属の顔の本来なら目のあるはずの黒いくぼみから光っているものがあった。良いほうの腕はシーツの下にもぐっていた。左腕は膝のうえに投げだされ、まるで月かどこかの怪物の鉤爪《かぎづめ》のような姿をさらしていた。怪物は何もいわず、びくりとも動かず、ただベッドに横たわり、アザーリンをじっと見つめている。

アザーリンはコトゥを睨みつけた。「こんな姿になっているとは聞いていないぞ」

医師は心底から仰天した様子だった。「しかし、ご説明はしました！　どの箇所が人工器官や装具に置き換わっているかを逐一ご説明したはずです。これがどれも完全に機能し、まさしくわたしたちの技術がなした奇跡であることを――残念ながらその見場が必ずしも良くないことも。大佐殿はそれでよろしいとおっしゃったではありませんか！」

「だが、こんな外見だとは説明しなかったぞ」アザーリンは唸るようにいった。「さあ、彼に紹介しろ」

「もちろんですとも」コトゥはおどおどした口調で答えた。彼はそそくさとマルティーノのほうを向いていった。「こちらはアザーリン大佐殿です。あなたの状態を診にいらしたのです」

アザーリンはいやいやながらベッドに近づいた。その顔にしわくちゃの笑みを浮かべながら。

「やあ、はじめまして。調子はどうだね？」彼は英語でそういいながら手を伸ばした。

「おかげさまでだいぶよくなりました」その男は淡々とした口調で答えた。「はじめまして」差し出したその手は人間のものだった。アザーリンは親しみをこめてその手を握った。「ありがとう。さてと少し話をしようじゃないか？　ドクター・コトゥ、椅子を持ってきてくれたまえ。ここに腰かけて話をするとしよう」彼はコトゥが椅子を運んでくるのを待ってからいった。「結構、もう行ってよろしい。ここを出るときに呼ぶから」

「はい、大佐殿。それでは失礼します」コトゥはベッドの男に暇乞いを告げると出ていった。

「さてと、理学博士マルティーノ君、話をしようじゃないか」アザーリンは椅子に座りながら陽気な口調でいった。「きみの回復をずっと待っていた。きみをわずらわせるのは本意ではないのだが、延び延びになっていることがいろいろとあってね。仕上げなければならない記録やら、埋めなければならない報告書の空白とか、そういったものがね」彼はやれやれといいたげに首を振ってみせた。

「書類仕事さ。いつだって書類仕事ばかりだ」

「そうでしょうね」とマルティーノは答え、アザーリンはその落ち着き払った声と、目の前のおぞましい顔を結びつけるのに苦労した。「わたしの国の同胞たちが、あなたたちにわたしを返すようさぞかし圧力をかけているのではないかと思います。それはつまりたくさんの書類が行き来するということですからね」

こいつは頭の切れるやつだぞ、とアザーリンはひとりごちた。わずかこれだけの会話で、連合国側のかけている圧力の程度を探ろうとしているのだ。ああ、たしかに充分に圧力をかけているだろうよ、と彼はひとりごちた。ノヴォヤ・モスクワの口調から察するに。

「どこでも書類仕事はつきものだ」アザーリンは笑みを浮かべて答える。「なんといってもわたしはこの地区の責任者であり、上司から報告書をとっととだせとせっつかれている身なのでね」さあ、探りたければ探ってみるがいい。「気分は良好かね？ すべて抜かりなく順調にいっていればいいのだが。わたしはこの地区を管轄する責任者としてきみが最高の治療を受けられるよう手配しておいたのでね」

「きわめて良好です。おかげさまで」

「きみは理学博士であるからには、一介の兵士にすぎないわたしよりもずっと、ここに注《つ》ぎこまれた技術の素晴らしさに関心があると思うのだが」

「わたしの専門はエレクトロニクスで、サーボメカニクスではありません、大佐」

なるほどわれわれは同等の立場にいる、というわけだ。

何が同等なものか。アザーリンは心のなかで腹をたてながら思った。マルティーノはいまだにこちらの助けになりそうなヒントを露ほども出そうとしない。こいつはわれわれから何のヒントも見いだせなくとも、いっこうに痛痒《つうよう》を感じていないのだ。

初めての会話はふたりにとって実りあるものとはとてもいいがたかった。だが、それは今後の会話の方向を決めるものでもあった。この男に対してどのような戦略を用いるか決めるべきときが来ていた。きっぱりと一線を引いておく必要がある。そしてアザーリンは値踏みするように男をじっと見つめていた。

しかしこの金属の獣のような顔——微動だにせず、なんの表情も見せないこの顔からいったいどうやって考えていることを読み取れというのだ。怒りも、恐れも、ためらいも——何ひとつ弱点のないこの顔から！

アザーリンは顔をしかめた。それでも、最後に勝つのは自分だ。この仮面をはぎ取って背後にある秘密をひとつ残らず吐き出させてやる。

時間さえあれば、と彼は思わずにはいられなかった。もうすでに六週間が経っている。六週間もだ。連合国側の忍耐はあとどれくらいもつだろうか？　ノヴォヤ・モスクワは連合国側の忍耐をどれほどまで引き延ばせるだろうか。彼は男を睨《ね》めつけそうになった。そもそもこんな事態になったのはこいつのせいなのだ。「マルティーノ博士、ひとつお訊ねするが」彼は続けた。「なぜここに、わたしたちの病院にいるのか不思議だと思ったことはないかね？」

「それはそちらの救助隊が連合国側よりも先に到着したからだと思います」

マルティーノが何らのきっかけも与えるつもりがないのがわかってきた。「そうだ」彼は微笑みを浮かべていった。「だが、連合国政府がきみに対してもっと万全な予防措置を講じるべきだったとは思わないかね？　もっと近くに救助隊は置いていなかったのかね」

「残念ながら、そういったことについてはあまり考えていませんでした」

この男はK88が爆発の危険を考慮に入れるようなものなのかどうかすらも語るつもりはないのだ。

「それでは何をどう考えているのかね、理学博士？」

そいつはベッドで肩をすくめてみせた。「別に何も。いつここを出られるのかを考えていました。わたしがここに来てからずいぶん時間が経っているのでしょう？　通常はそう長くはこちら側に引き留めておくことはできないのでは？」

この男は意図的にアザーリンを怒らせようとしているのだ。アザーリンは過ぎ去った無為な数週間を思い出したくなかった。「きみはいつだって出ていこうと思えば出られるのだよ」

「ええ――おっしゃる通りなんでしょう。たぶん」

なるほどこいつは自分の置かれた状況を完全に理解しているが、屈するつもりもないということだ――この顔が恐怖の汗を流すことがないのと同じように。

アザーリンは掌がじっとりと汗ばむのを感じた。

やにわに彼は立ち上がった。これ以上続けてもなんの益もない。もはや一線ははっきりと引かれ、会話の目的も達成されたからには、これ以上さしあたってできることはない。何よりも、これ以上この怪物と一緒にいることに耐えられそうになかった。「さて、それでは失礼するよ、また話をしよう」アザーリンはお辞儀をした。「ごきげんよう、マルティーノ理学博士」

「ごきげんよう、アザーリン大佐」

アザーリンは椅子を壁際に戻し、つかつかと病室を出ていった。「今日のところはこれで終わりだ」彼は待機していたコトゥ医師にぶっきらぼうな声をかけ、自分のオフィスに戻った。そしてグラスで紅茶を飲みながら、渋い表情で電話を見ていた。

七

コトゥ医師が病室に戻り、彼を診察してから出ていった。マルティーノはベッドに横たわり、思いを巡らせていた。

アザーリンはいったん怒らせたら手ごわい存在になりそうだ。ANGが彼をここから解放してくれるまであとどれくらいかかるのだろうか。

だが、目下のマルティーノの関心はもっぱらK88計画にあった。彼はどの要因の不適切な組み合わせが爆発を引き起こしたのかを解明していた。そして今、何時間にもわたって頭のなかで、K88のすさまじい放出熱を吸収するあらたな方法を検討していた。

いつのまにか思考はそれて、自分の身のうえに起こったことを考えていた。新しい腕をあげ、魅せられたようにじっと見つめていた。だが、すぐに無理やり心をそこから引きはがした。彼は腕をどさっと落とし、その振動がマットレスに伝わるのを感じた。

あとどれくらいここにいることになるのだろう。コトゥはもうすぐベッドから離れることができるといっていた。このままずっと引き留めておかれたら、いったいどこまで自分は耐えられるだろうか?

ソビエト側はどれくらいK88について知っているのだろう？　おそらくは彼をこのまま引き留めて、彼からそれを引き出させようとする程度には察しているに違いない。もし何も知っていないのなら、彼を追ってきたりはしないだろう。もしその使い方を知っていたのなら、ここまで手間をかけたりはしなかったはずだ。

ソビエト側はどこまで探れば諦めてくれるのだろう。それについてはあらゆる憶測が飛び交っていた。おそらくはソビエト側でもANGについて同じような憶測が飛び交っているだろう。

自分がひどく怯えていることに、今さらながら気がついた。自分の身のうえに起こったことに、コトゥが彼の命を救うためにほどこした処置に、自分がいつかK88について吐いてしまうかもしれないという可能性に、そして突然襲いかかってきた絶望感に彼は恐怖を感じていた。

自分は臆病者だったのだろうか。それは肉体的な勇気と精神的な勇気の違いを学んで以来、ほとんど考えもしなかったことだった。単純な恐怖から自分が不条理なことをしでかすかもしれないという可能性は思いもよらないものだった。

彼はベッドに横たわり、頭のなかでその立証と可否について思い巡らした。

八

すでに二か月が経とうとしていたが、アザーリンはいまだにK88が爆弾なのか、殺人光線なのか、あるいは銃剣を尖らせる新しい装置なのか皆目見当がつかずにいた。

彼はその件でマルティーノと何度か不満足な会話をしていたが、マルティーノはまったく尻尾を出さなかった。会話はあくまで礼儀正しく行われたが、何も得られることはなかった。相手が男なら――どんなやつだろうと――彼は徹底的に戦うことができた。だが、この車椅子に座した暗い森に棲む悪夢のようなのっぺらぼうの怪物は、まるでジャングルの寺院にまつられた神のように鎮座し、長引けば長引くほどアザーリンの敗色が濃くなることを知っている。それはアザーリンにとって何よりも耐えがたいことだった。

アザーリンはノヴォヤ・モスクワからの今朝の電話を思い出し、いきなり机に拳を叩きつけた。もっとも優秀な軍人。やつらは彼の優秀さを、彼がアナスタス・アザーリンであることを知っているはずだ。その自分にむかって今朝のあの口の利き方はなんだ！　たかだか文官ふぜいが彼にあんな口を利くとは！

それもこれも彼らが一刻も早くマルティーノを連合国側に返そうとしているせいだ。アザーリンに今少しの時間的猶予があれば話は違ってくる。マルティーノを返さずにすめば、そしてある種の有効な手段を使いさえすれば、絶対に成果は得られるはずなのだ。

アザーリンは机に座り、頭のなかで答えを探し求めた。ノヴォヤ・モスクワを納得させるような何らかの手立てを、マルティーノを支配する方法が見つかるまで引き延ばせるような方法を考える必要があった。だが、連合国側を納得させられなければ、司令本部も納得しないだろう。そして同盟国側はマルティーノを返さないかぎり決して納得はしない。

アザーリンの目がぱっと見開かれた。その太い眉が完全な半円を描く。彼は電話に手を伸ばすと、コトゥ医師を呼び出した。やつは一体を作ることができたのだから、もう一体だってできるはずだ。それにはアメリカ人のヘイウッドが一番適していると思いついたとたん、彼の唇は得意げにまくれあがった。もっと信頼のおける直属の部下を、彼がその能力を知り尽くすと同時にその弱点も許容できる程度の人物を送りこんだほうがいいかもしれない。だが、今はヘイウッドしかいなかった。やつのことだから遅かれ早かれ尻尾を出すことだろう。しかしノヴォヤ・モスクワはそう考えはしない。彼らは司令本部に外国人がいることを、そして彼らの意味もなく煩雑かつ非効率的なやり方に誇りを抱いていた。本部は、そうした人物たちが自国を裏切りながらもなお、彼らを裏切りに追いやった弱さに足をとられることはないと信じていた。そうして何度同じ失敗をくり返してもそこから学ぶことはなかったのだが、今回ばかりはそれがアザーリンの役に立ってくれそうだった。

「コトゥ医師か？　アザーリンだ。仮にの話だが、もしきみのところにもうひとり男性を——今度は五体満足だが——送りこんだら、マルティーノにしたのと同じ施術をすることはできるだろうか？」彼は受話器を耳にあてながら指先で机の端を弾いた。「ああ、そうだ。健康な人間の体を丸ごとな。あの怪物の兄弟を作ってほしいのだ。そっくりな双生児を」

コトゥ医師との会話を終えるとアザーリンはノヴォヤ・モスクワに電話をかけた。背は丸められ、その指からは口付き煙草の先端がまっすぐに突き出していた。顎をかみしめ、下の歯を突き出し、唇は固く引き結ばれている。その顔からいつもの貼りつけたような無表情が消えていた。彼は微笑みを浮かべていたが、それは世間に見せているのとは別の笑みだった。いつも浮かべている抑制された表情は、彼が父の森を出てから長年かかって形成されたものだった。その顔のしわは異国の太陽に焼かれ、異国の砂漠の砂でこすり磨かれたものだった。だが、今ごく自然にその顔に浮かんできたのは、かつての少年っぽさすら感じさせる笑みだった。だが、アザーリン自身はこの第三の表情があることに気がついていなかった。

司令本部を説得させるには少々時間がかかったが、アザーリンはまったく苛立ちを感じなかった。彼はあたかも木を伐り倒すきこりのように、彼の計画を一撃ごとに打ち込んでいった。やがて木が倒れるのを確信しながら。

ようやく電話を終えると、グラスの紅茶を飲み干した。さっそく当番兵がお代わりを運んできた。アザーリンの目尻に満足そうなしわが浮かぶ。司令本部の文官どもがいつまでたっても優柔不断に右往左往しているあいだに、いち早く解決を見いだしたのはまたしてもこのアナスタス・アザーリンだった。

彼は机の両端に手をついてゆっくりと立ち上がった。そして執務室の外のオフィスに出ていった。

「これから階下におりる。車を待たせておくように」彼は事務官に命じた。

ヘイウッドへの指令を携えた急使がワシントンに着くまでは数日を要するだろう。だがこの伝達システムは少なくとも絶対的に安全だった。ヘイウッドは一週間もすればこちらに着くだろう。だからといってヘイウッドの到着を待つ必要もない。この替え玉作戦はたった今から発動する。連合国側はソビエトが突如態度を硬化させたことに気づくだろう。このアザーリンが司令本部の軟弱な根性に活を入れてやったのだから。当然ながらノヴォヤ・モスクワからの電話ももっとおとなしく、もっと威圧的ではなくなるだろう。

さてと、これですべてのおぜん立てが整った。純朴で教養のない農民の小倅アナスタス・アザーリンによって。読むたびに唇を動かす愚鈍な男。紅茶愛好者。暗い森からやってきた無学な男。ノヴォヤ・モスクワが無駄話をしているあいだ、ひたすら働き続けた男の手によって。

マルティーノの病室に足を踏み入れるアザーリンの目は輝いていた。彼はいったん立ち止まり、男をまともに見つめた。「さてと、もっと話し合おうじゃないか」と彼はいった。「考えるための時間ならたっぷりあるのでね。K88について」アザーリンが表立ってこの言葉を口にしたのは初めてだった。彼は男の体がぴくりと動くのを見た。

九

こうした状況下でまっさきに失われるのは時間の感覚だとマルティーノは思った。それはさして驚くほどのことでもない。まったくの異国においては、これまでの人生をつちかってきた日常的な手がかりというものがいっさい含まれないからだ。部屋には窓がひとつもなく、時計もなければカレンダーもなかった。ここにはそうしたありふれた、明白なものがすべて欠けていた。さらに日常生活にもなんの変化もなかった。食事のために腰をおろしたり、休むために横たわったりすることもなく、とぎれることのない空腹や眠気は何の助けにもならなかった。アザーリンの管轄地区のどこかにあるとおぼしきこの部屋も何の手がかりも与えないように作られていた。それは長方形をした、天井から床までむきだしのコンクリートの部屋だった。マルティーノの歩行ルートは一方の端から、もう一方の端までであり、彼が向かう先の灰色の壁はどちらもそっくりで、その粗い表面の目まで同じだった。歩く際には、向かいあったふたつのオーク製の机の前を通ったが、そのどちらにも灰緑色の制服をつけた男がひとりずつ座っていた。その男たちもまたそっくり同じの見た目で、背後のこれまたそっくり同じようなドアから入ってきた。照明は天井のきっちり中央につけられている。自分がどのドアから入ってきたのか、あるいはどちらの壁に向かって最初の一歩を踏み出したのか、マルティーノには見当もつかなかった。

机の前を通りかかるたびに、いつも右側にいる男がまず最初の質問をした。それはバラエティに富んでいた。「ミドルネームは?」「一フィートは何インチ?」どれも取るに足らないものばかりで、マルティーノの答えを記録している様子もなかった。机に座る男たちは不規則なインターバルをおいて交替していたが、どれもみなそっくり同じ容姿をして、マルティーノが答えようと答えまいと気にかける様子もなかった。彼の記憶が正しければ、最初のうちはわざと答えなかった。だが、そのうちに苛立ちながら「ニュートン」だの「8」だのといった意味のない答えを返していた。そして、今は真実を答えるほうがずっと楽になりつつあった。

彼は自分の身に何が起きているのかを自覚していた。そのうち脳が疲労という毒に冒され、防衛手段として脳内で自白剤を醸成するようになる。「正しい答え」が「解放」を意味するようになるのだ。アドレナリンによる苦痛の解放はもたらされず、意味もない世界をただひたすら歩き続けるだけだった。

彼をもっとも苦しめたのが後者だった。机の男たちは彼になんの注意も払おうとしなかった。彼が歩くのをやめようとしたとき以外には。そのあいだはひたすら質問がくり返されるだけだった。彼を見ずに、互いだけを向いて。彼らはマルティーノが何者であり、どうしてここにいるかも知らないのではないかという気がした。やがてそれは確信になった。ふたりの男たちは互いに対してだけ──マルティーノに対してではなく──職分を果たしているのだ。彼らはまるで両手を使う球技のボールのごとく彼を扱っていた。たとえ正しい答えをしたところで、ふたりには何の意味もないのだ。なぜなら彼らはマルティーノの答えに判断を下すためにここにいるわけではないのだから。

彼らがいるのはただマルティーノの抵抗力を弱らせ、やがてアザーリンにそれを引き渡すためでしかなかった。その一方で、彼はこの不当な扱いにふつふつと不満がわきあがるのを感じていた。いつのまにか彼は歩きながらふくれつらになっていた。

マルティーノにはその理由もわかっていた。なぜなら彼の頭脳はついに問題を解決したからである。彼は「正しい答え」＝「解放」という等式を満たし始めていた。彼らが望むことをやっていた。

彼が正しい答えを出したのなら、当然彼らはマルティーノに解放を与えることでそれに応えるべきだった。だが、彼らはどこまでもマルティーノを無視し、彼が望まれたとおりのことをやっていることを理解するそぶりすら見せなかった。相手の望みどおりのことをやっているのに無視されたら、脳は自分の指令がマルティーノの動きに伝わっていないのだと判断するしかなくなる。もしそこにいるのがひとりだけだったら、脳はそいつは目も耳も不自由なのだと、ただ丸暗記した質問を機械的にくり返しているにすぎないのだと判断するだろう。だが、そこには常にふたりの人間がいた。おそらく延べ人数にすれば十人以上もいるだろう。そうなれば脳は、彼らに聞いてもらえないのはマルティーノのせいだと判断するしかない――ルーカス・マルティーノは「無」になってしまったのだ。

同時に彼はこれから何が起ころうとしているのかを知っていた。

＋

アザーリンは辛抱強く机の前に座り、マルティーノの訊問室から来るべき言葉がもたらされるのを待っていた。マルティーノが病院からこの建物に移されて三日が経とうとしている。そして己の職分を知り尽くすアザーリンは望むものが得られるのは今日のどこかだと踏んでいた。

きわめてシンプルな仕事だ、とアザーリンは思う。ひとりの人間からすべてを剝ぎ取る――それも皮膚よりももっと命にかかわるものを。とはいえ、その仕事のより細かい次元までは学んでいない者でもそのテクニックが使えることを彼は見てきた。実質的にはほぼ同じだが、結果はよりはっきりとあらわれる。人間というのは脳のなかにほとんど超過荷物を持っていないものだ。たとえ文官であっても、そしてマルティーノのように文官ではない者も。知能が高ければ高いほど少ない超過荷物しかもっておらず、結果はより早く出る。いったん深層部までむきだしにされてしまった人間は、もろく、傷つきやすくなる。そしてあちこちをつつかれれば、知っていることを吐き出すようになる。

当然ながらすべて吐き出し、吐き出してしまったことを自覚した人間は文字どおりの空っぽになる。どうにでも形を変え、誰でも彼を使いこなせるようになると、相手の意のままに動くようになる。彼は最後に触れた人間の痕跡をとどめ、命令されればどんなことでもするようになるだろう。まさに生ける「無」となるのである。

いつもだったらアザーリンは他の人間を生ける「無」にし、自分が不滅の偉大なるアナスタス・アザーリンであることを確認することで満足を覚えていた。だが、今回の場合は――。

アザーリンは部屋の向こうにいる見えない何かに向かって唸り声をあげた。

第十五章

　エディ・ベイツは隠れスパイ《スリーパー》だった。痩せ型でへこんだ腹をして、顔じゅう無残なニキビ痕に覆われた醜い男だった。惨めな少年時代を過ごした彼は、毎晩自分の部屋で三十分ずつウェイトリフティングにはげんだ。その結果として十代の終わりごろには暴行傷害で少年院に六か月お世話になった。その暴行には殺意があったが、相手に最初の一発目をくらわしたときはそこまでの意図はなかった。相手の少年はとびきりハンサムな若者で、エディが声すらかけられなかった娘のことを得意げにしゃべっていたのだ。

　二十歳になると車の修理工場で働き始めた。いつもむすっと不機嫌な表情を浮かべていたのではほとんどの客からは嫌われていた。ただひとり――高級車を乗り回す人好きのする男――だけが根気よくエディとの友情を育んでくれた。エディは仕事のあとで男に頼まれた用事をこなすようになった。もしかしたら男は犯罪者ではないかと思っていた。金払いがよかったし、その謎めいたメッセージを送り届ける方法はいつもやたらにこみいっていたからだ。

エディは男に頼まれた仕事を毎回ちゃんとこなし、やがて金銭以上のつながりがふたりの間に生まれた。男はエディにとって尊敬できる唯一の友達であり、男から別の仕事のオファーがあったときもエディは受け入れた。

かくしてエディは隠れスパイになった。彼の友人はもはや伝達係として彼を使うこともなく、彼は航空会社の整備工としての職を得た。いまやエディは航空会社から毎月給料をもらう堅実な社会人となった。その他にも封筒に入った金が、かつて彼がやっていたようなこみいった方法で与えられるようになった。今はエディも男の正体に気づいていた。だが、彼はエディの友達であり、封筒に入っている金の見返りに何かをしろといわれたこともなかった。

エディは自分の置かれている状況について深く考えまいとした。時間がたつにつれ、それは容易になっていった。

彼は歳を重ねていったが、依然として航空会社で働き続けていた。その間にいくつかの出来事があった。ひとつは、彼が機械整備に生まれながらの才能を持っていたということだった。彼は機械の仕組みを理解し、それを尊重し、きちんと稼働するようになるまで限りない粘り強さをもって進んで作業にあたった。自分が航空機のエンジンの作業をしているときは、誰も彼の顔を見て目を背けたりはしないことに気がついた。そしてもうひとつは恋人ができたことだった。

アリスはエディが毎日ランチを取りにいくダイナーで働いていた。彼女は働き者で、自分が相手にするのは、ちゃんとした職を持つ堅実な男と決めていた。外見にはとらわれず、はなからハンサムな男というものを信用していなかった。アリスとエディのあいだには、空港の近くに家を買う頭金が貯まりしだい、結婚するという了解ができていた。

そして今、エディ・ベイツは隠れスパイとして使われようとしていた。彼は暗い格納庫の床からはるか高くにある、航空機のエンジンルーム近くの高翼にしゃがみこんでいた。

彼はある指令を受けていた。それだけではなく、彼の友人から渡されたあるものを携えていた。それは一パイント牛乳瓶ほどの大きさの、金属製火薬筒《カートリッジ》で、一方の端は時間の目盛りのついたノブになっていた。彼の友人はあらかじめ時間をセットしたそれをエディに渡し、エンジンに取りつけるようにと命じた。友人はそれがある地点で飛行機を海中に墜落させるためのものだとは説明しなかった。だが、エディは飛行中に爆発させるのだろうと察した。彼は整備工であり、爆破の専門家ではなかった。一般人と同様、その爆発の威力や、火薬筒の大きさが起爆メカニズムによって決められていることなど知るよしもなかった。

彼は格納庫の屋根の近くの暗闇のなかで、ぐずぐずとためらっていた。考えれば考えるほど絶望的になり、決断が鈍るばかりだった。

このようなことを依頼されるとは夢にも思っていなかった。ときがたつにつれ、エディはこのまずっと何も頼まれることはないだろうと思い始めていた。だが、男は彼の友人であり、エディは彼から金をもらっていた。

だが、今の彼には友達が他にもいた。そして彼自身の手で午後エンジンの調整を念入りに済ませたばかりだった。

だが、金も必要だった。それは彼の預金におおいに貢献していた。金が貯まれば、その分アリスとの結婚も早まる。ここで彼が爆弾を仕掛けなかったら、男からの金はストップするだろう。

それだけではない。友人が彼を告発する可能性だってある。そうなったら職場の友人たちの信頼は失われ、アリスとは絶対に結婚できなくなるだろう。

だから彼はやるしかないのだ。

エディは深く息を吸い込むと、開いた点検プレートから爆弾をエンジンとエンジンルームの内壁のあいだに差し入れた。そして急いでプレートのボルトを締め直すと、格納庫から走り去った。

彼は救いようのない絶望感を埋め合わせるためにあることをした。開いた点検プレートから爆弾を差し込むときに、それを発作的に握りしめたのだ。まるで反射作用のように、あるいは救済の希望にしがみつくかのように、もしくは何かとてつもなく大事なものを投げ捨てるかのように。自分のしていることが単なる無意味なジェスチャーであることはわかっていた。飛行機が爆発することには変わりないのだから。

彼はタイマーをリセットしていた。だが、誰ひとり——エディ・ベイツはもちろん——それがどれほどのずれなのかを知る者はいなかった。

第十六章

一

忘れるな、マルティーノはオフィスの向かい側にいるアザーリン大佐を前にしながらそう自分に言い聞かせていた。K88計画を決して取引の材料にしてはならない。人々のなかにはぺらぺらしゃべって相手の関心を惹きつけようとする輩《やから》もいる。人間は誰しも他人の好奇心に訴えかけるような個人的秘密をもっているものだ。トイレに行くのに手を上げるのが恥ずかしくて小学校をさぼったエピソードなら、きっと興味を引くはずだし、自分という人間への関心を呼び起こすことができるだろう。あるいは天体物理学者ジェイソンのちょっとした裏話のエピソード——彼は毎晩自室でホロスコープを眺めていた——もいいかもしれない。これならネタが尽き果ててしまうまで相手の興味を惹くことができる。こうしたことなら覚えているかぎりのことをいくつでも話せる。だが、K88計画を持ち出して彼の関心を惹いてはならない。それは話題にしていいことではない。

忘れるな、と彼は自分に言い聞かせる。限りない忍耐をもって明晰でいようと。自分がK88について知っていることを絶対に認めてはならない。これはしゃべりたいという衝動にとって最大の歯止めとなってくれるだろう。さらなる詳細について突っこまれたら、驚いてみせるか、関心のないふりをすればいい。

「座りたまえ、マルティーノ理学博士」アザーリンはにこやかな笑みを浮かべながらいった。「どうかくつろいでくれ」

マルティーノは全身からそれに応える笑みがわきあがってくるのを感じた。彼はようやく対話してくれる人物があらわれたというかすかな驚きと、背信的な喜びを覚えた。そして彼の名前を呼んでくれるこの人物に対する温かい感情が全身を包んだ。

自分の顔に表情があらわれないのも忘れ、アザーリンがこうもたやすく自分の防御を破ってしまったことに彼は狼狽して震えあがった。自分はこれよりももっと強い心でのぞまねばならない。忘れるな。絶対に何もいってはならない。彼はいっそう切実にそう思った。いったんしゃべりだしたら、この男への友情に負けて、歯止めが効かなくなってしまう。絶対に何もいってはならない。

「煙草はどうだね?」アザーリンが机の向こうから白檀の箱を差し出した。

マルティーノの右手は震えていた。彼は左手を伸ばしてそれを取ろうとした。だが、指先のコントロールが効かず、吸い口を粉々にしてしまった。

アザーリンの顔がしかめられるのを見て、マルティーノはこの男の気分を害してしまったことに気が転倒し、ほとんど叫びだしそうになった。だが、脳の発声機能を発動させるのに手間取り、その前に脳が危険を察知してすんでのところでとどまった。

自分には他にも友人がいることを忘れるな。自分がこの男を喜ばせれば、イーディスとバーバラに命の危険が及ぶ。

だが、イーディスもバーバラももはや自分の友人ではない。彼はパニックとともにそれを思い出した――おそらくふたりとも自分を覚えてはいないだろう。つまり彼のことを覚えていたり、気にかけてくれる人間はもういないのだ。目の前のアザーリンを除いては。

忘れるな、と彼は自らに言い聞かせた。ここから逃れることができたら、まっさきにイーディスとバーバラに謝りにいくことを。そのためにもここを出ていかなければならないのだということを。

アザーリンはふたたび笑みを浮かべていた。「紅茶でもどうかね?」

よく考えなければならない、とマルティーノは思った。ここで紅茶を飲んだりしたら、口を開かなければならなくなってしまう。そうなったらふたたび口を閉じることができるだろうか?

「そう警戒しなくてもいい、マルティーノ博士。何も心配することはない。われわれはここでじっくり膝つき合わせて話すのだ。きみの話はわたしが聞こう」

マルティーノは自分が相手に引き込まれそうになっていることに気がついた。忘れるな、自分は学校に行くのが嫌いだったことを――天体物理学者ジョンソンのことを。彼は必死に自分に言い聞かせる。

だが、なぜそんな必要がある？

なぜならＫ88は取引に使うべきものではないからだ。

それがどうだというんだ？

心のなかでふたつの相反する衝動が共存するという現象に彼は心を奪われ、それに耳を傾けていた。いったいどうやって心はこんな素晴らしいトリックをやってのけたのか。どのような回路がそのような働きをしているのか、異なる回路が交互に働いているのか、それとも同じ回路が交互に働いているのか？

「わたしを馬鹿にしているのか？」アザーリンが怒鳴った。「その顔の奥で何を考えている。わたしを嘲笑しているのか！」

マルティーノは仰天してアザーリンを見つめるばかりだった。どういうことだ？　自分はいったい何をやらかしたのだろう？

一連の思考の流れをたどり終えるまで、どれくらいの時間がかかったのだろう？　アザーリンの質問からそんなに時間がたっているとは思えなかった。それとも彼を見ている男は非情なのっぺらぼうの顔と、机の上に置かれた、いつその破壊力を発揮するとも限らない金属製の腕だけを見ているのだろうか。

「マルティーノ、ここで喜劇を演ずるためにきみを連れてきたのではないぞ！」アザーリンの目が突然細められた。マルティーノは相手の怒りの底に恐怖を見たような気がして、ひどく困惑を覚えた。「ロジャーズの差し金か！　やつがおまえを送りこんだのか！」

マルティーノはのろのろと頭を振り、説明しようとした。だが、あやういところで踏みとどまった。これ以上この男に話す必要はない――すでに十分にアザーリンの注意を引いているのだから。

そのとき電話がかん高い、耳をつんざくような音をたてて執拗に鳴り響いた。それは交換手が新《ノヴォヤ》・モスクワからの電話をつないでいることを意味していた。

アザーリンが受話器をあげて電話に聞き入った。

アザーリンの目が大きく見開かれるのをマルティーノはたいした関心もなく見つめていた。しばらくしてからアザーリンが受話器を置き、呆然としたようにこうつぶやくのを聞いてもそれは変わらなかった。「きみの大学時代の友人ヘイウッドが、予定よりも六百マイル手前で溺れ死んでしまった」マルティーノには相手の言葉の意味がさっぱりわからなかった。

二

国境に近づくタトラの車内でマルティーノは身じろぎもせずに座っていた。隣にはソビエト連邦秘密情報局の男が座っている。ユングという名のアジア人は英語の腕を磨くために目に入るものすべてを、かたっぱしから英語に通訳していた。

三か月もブランクが空いてしまった、とマルティーノは考えていた。すべての計画はまだ頓挫したままだろう。連中があの実験を再開しようなどと考えていなければいいのだが。

彼は病院のなかで思いついたはずの修正システムを思い出そうとした。二週間というものコトゥや療法士たちが彼の治療にあたっていたあいだも、ずっとそれを思い出そうと努めていた。だが、どうしても思い出すことができなかった。何度か思い出したような気がすることもあったが、記憶は断片的でものの役にはたたなかった。

たしかに、車が停まると同時に彼はひとりごちた。療法士は記憶が完全に戻るまでにはしばらくかかるだろうといっていた。だが、それもやがて戻ってくるだろう。

「さあ、着きましたよ。マルティーノ博士」ユングはドアを開けながら快活な声でいった。

「ああ」彼は国境の検問所を、そこにいるソビエト兵たちを見た。その向こうには連合国側の兵士たちが並び、そして車から下りてくるふたりの姿が見えた。

彼はそちらに向かって歩き始めた。たしかに問題はあるだろう、彼は自分に言い聞かせた。あそこにいる人々は自分の外見に慣れていない。慣れてもらうまでは多少時間を要するだろう。だが、できないことはないはずだ。人間というのは単なる個々の見かけ以上のものだからだ。それに自分には取りかからなければならない仕事がある。しばらくはそれで忙殺されることだろう。もし病院で考えたアイディアを思い出すことができなければ、また別の計画を考えだせばいい。

まったくひどい体験だった。彼は国境を越えながらひとりごちた。でも、自分が失ったものは何ひとつないのだと。

［製作総指揮］

山口雅也（やまぐち まさや）

早稲田大学法学部卒業。大学在学中の一九七〇年代からミステリ関連書を多数上梓し、八九年に長編『生ける屍の死』で本格的な作家デビューを飾る。九四年に『ミステリーズ』が「このミステリーがすごい！'95年版」の国内編第一位に輝き、続いて同誌の二〇一八年の三十年間の国内第一位に『生ける屍の死』が選ばれKing of Kingsの称号を受ける。九五年には『日本殺人事件』で第48回日本推理作家協会賞（短編および連作短編集部門）を受賞。シリーズ物として《キッド・ピストルズ》や《垂里冴子》など。その他、第四の奇書『奇偶』、冒険小説『狩場最悪の航海記』、落語のミステリ化『落語魅捨理全集』などジャンルを超えた創作活動を続けている。近年はネットサイトのGolden Age Detectionに寄稿、『生ける屍の死』の英訳版*Death of Living Dead*の出版と同書のハリウッド映画化など、海外での評価も高まっている。

［訳者］

柿沼瑛子（かきぬま えいこ）

翻訳家。早稲田大学第一文学部卒業。主訳書にジプシー・ローズ・リー『Gストリング殺人事件』（国書刊行会）、パトリシア・ハイスミス『水の墓碑銘』『キャロル』『リプリーをまねた少年』（河出書房新社）、クラーク・アシュトン・スミス『魔術師の帝国《3 アヴェロワーニュ篇》』（アトリエサード、共訳）、ローズ・ピアシー『わが愛しのホームズ』（新書館）、ダスティン・トマスン『滅亡の暗号』（新潮社）、アン・ライス『ヴァンパイア・クロニクルズ・シリーズ』（扶桑社）、エドモンド・ホワイト『ある少年の物語』（早川書房）、共編著『耽美小説・ゲイ文学ブックガイド』（白夜書房）など。

奇想天外の本棚　山口雅也＝製作総指揮

誰《だれ》？

二〇二二年十二月十日初版第一刷印刷
二〇二二年十二月二十日初版第一刷発行

著者　アルジス・バドリス
訳者　柿沼瑛子
発行者　佐藤今朝夫
発行所　株式会社国書刊行会
東京都板橋区志村一―十三―十五　〒一七四―〇〇五六
電話〇三―五九七〇―七四二一
ファクシミリ〇三―五九七〇―七四二七
URL : https://www.kokusho.co.jp
E-mail : info@kokusho.co.jp
装訂者　坂野公一（welle design）
印刷所　創栄図書印刷株式会社
製本所　株式会社ブックアート
ISBN978-4-336-07404-1 C0397